Antologia de Contos da UBE

ORGANIZAÇÃO

FÁBIO LUCAS, JEANETTE ROZSAS
E LEVI BUCALEM FERRARI

Antologia de Contos da UBE

Ada Pellegrini Grinover •• Aluysio Mendonça Sampaio
Anna Maria Martins •• Audálio Dantas
Beatriz Helena Ramos Amaral •• Bernardo Ajzenberg
Betty Vidigal •• Caio Porfírio Carneiro
Carlos Seabra •• Dirce Lorimier
Domício Coutinho •• Fábio Lucas
Jeanette Rozsas •• José Roberto Melhem
Levi Bucalem Ferrari •• Lygia Fagundes Telles
Nilza Amaral •• Rodolfo Konder
Sérgio Valente •• Suzana Montoro

São Paulo
2008

© União Brasileira de Escritores – UBE, 2008

1ª Edição, Global Editora, São Paulo 2008

Diretor Editorial
Jefferson L. Alves

Gerente de Produção
Flávio Samuel

Coordenação Editorial
Ana Paula Ribeiro

Assistente Editorial
João Reynaldo de Paiva

Revisão
Luicy Caetano
Tatiana Y. Tanaka

Capa e Projeto Gráfico
Reverson R. Diniz

Dados Internacionais de Catalogação na Publicação (CIP)
(Câmara Brasileira do Livro, SP, Brasil)

Antologia de contos da UBE / organização Fábio Lucas, Jeanette Rozsas e Levi Bucalem Ferrari. – São Paulo : Global, 2008.

Vários autores.
ISBN 978-85-260-1339-1

1. Contos brasileiros – Coletâneas   I. Lucas, Fábio.   II. Rozsas, Jeanette.   III. Ferrari, Levi Bucalem.

08-10634   CDD-869.9308

Índice para catálogo sistemático:

1. Contos : Antologia : Literatura brasileira   869.9308

Direitos Reservados
**GLOBAL EDITORA E
DISTRIBUIDORA LTDA.**

Rua Pirapitingui, 111 – Liberdade
CEP 01508-020 – São Paulo – SP
Tel.: (11) 3277-7999 – Fax: (11) 3277-8141
e-mail: global@globaleditora.com.br
www.globaleditora.com.br

Colabore com a produção científica e cultural.
Proibida a reprodução total ou parcial desta obra
sem a autorização do editor.

Nº de catálogo: **3027**

A Aluysio Mendonça Sampaio e José Roberto Melhem, integrantes desta antologia, que partiram antes de sua publicação.

Apresentação

Levi Bucalem Ferrari

Este livro contém vinte contos de autores associados à União Brasileira de Escritores, UBE. É resultado de uma ideia surgida em conversas entre seus organizadores que também se encarregaram de convidar alguns participantes. A ideia pegou e, num ou noutro caso, os primeiros convidados indicaram outros que ora se somam nesta coletânea. Alguns bons contistas da UBE não puderam ser incluídos, por motivos diversos, mas se farão presentes em antologias futuras.

O conto poderia ser inédito ou não e o tema era livre. Por isso, este livro contém o que cada autor considerou mais adequado ao tipo de publicação. E que, certamente, está entre o que de melhor tem produzido. A liberdade temática proporcionou gama exponencial de combinações entre abordagens, fabulação, estruturas narrativas, estilos e tudo o mais que se configura no fazer literário. E, particularmente, nesta sua forma tão apreciada quanto difícil, a da narrativa curta.

Entre os autores, o leitor encontrará contistas consagrados, nomes inscritos definitivamente nos quadros da literatura brasileira e da língua portuguesa, alguns com obras traduzidas para diversos idiomas. Outros excelentes autores, ainda que menos conhecidos, fazem companhia aos primeiros. E dão conta da responsabilidade ao oferecer texto da melhor qualidade.

No mesmo diapasão, encontram-se alguns polígrafos que, mais conhecidos por sua produção em outros gêneros literários, logram, na narrativa curta, o mesmo êxito já experimentado em outras formas de expressão gráfica.

Esta antologia é o primeiro produto do contrato firmado entre a UBE e a Global Editora e não pretende ser o último. Longe disso, as duas partes preveem, para os anos vindouros, coletâneas de outros gêneros literários. A preocupação de ambos é a de oferecer ao leitor bens culturais da melhor qualidade literária e editorial.

Os organizadores desta coletânea agradecem aos participantes que demonstraram sua confiança neste projeto pioneiro, portanto, mas sujeito a falhas. Merecem agradecimentos especiais os colegas Betty Vidigal, Caio Porfírio Carneiro, Carlos Seabra, Rosani Abou Adal e Rui Veiga pelas notáveis contribuições.

Compete, agora, ao leitor a degustação e o veredito final.

CONTOS

A gata preta

Ada Pellegrini Grinover

Era uma enorme gata preta, de grandes olhos amarelos, fixos e imperscrutáveis. Andava pela casa com passos cautos e silenciosos, sempre pronta a armar o bote para agarrar algum bichinho ou pular sobre uma estante. Conhecia perfeitamente seu nome – um nome curto e sibilante, que lhe agradava – mas só atendia à moça, e assim mesmo se não estivesse muito ocupada. Tinha paixão por ela, adorava o contato com seu corpo, mordiscava suas mãos, dormia ronronando em seu colo. De noite, compartilhava a cama dela, aninhada contra seu quadril, sem dispensar a sessão de carinho recíproco que precedia o sono. Tolerava a empregada, porque lhe dava de comer, mas só se esfregava em suas pernas, por puro interesse, quando a tigela da ração ou a vasilha da água estavam vazias. Detestava o homem que a moça chamava "pai" e demonstrava sua aversão arcuando as costas, eriçando o pelo, achatando as orelhas e assoprando ameaçadoramente. Seus olhos, então, ardiam de uma chama maligna. Mas sabia que se chegasse perto ganharia um pontapé e, após a demonstração de antipatia, mantinha-se a uma distância prudente, vigiando-o de longe. Quando a moça recebia visitas, cheirava-as e, se gostasse do cheiro, permitia com condescendência que passassem a mão em seu pelo. Mas, quando era o pai que as recebia, exibia-se em sua demonstração de aversão e ficava a observá-las, suspeitosa, até irem embora.

O homem não lhe poupava expressões malévolas. "Gata antipática, arisca, inútil. Animal maligno, de mau agouro. Criatura do diabo." Ela não entendia as palavras, naturalmente, mas sentia, pelo tom da voz e pelo olhar, que eram más, e dirigidas a ela. Reagia, então, com um miado rouco, de protesto, e se retirava indignada, enquanto a moça respondia, defendendo-a.

Tinha grande interesse pelo telefone. Quando tocava e ninguém atendia, ia avisar a moça ou a empregada miando alto. Sabia que as pessoas da casa falavam com outras pelo aparelho. A moça às vezes encostava o fone em seu ouvido para ela escutar os sons que provinham dele. E uma vez, quando ficou fora de casa por vários dias – e ela dormia na cama vazia –, a empregada tinha encostado o fone em sua orelha e pudera escutar a voz dela, carinhosa e suave, pronunciando seu nome. As longas conversas da moça no aparelho, as chamadas da empregada – sobretudo quando estava sozinha –, as breves palavras pronunciadas pelo pai, ela não perdia um telefonema.

A moça está preparando a mala. A gata sabe o que isso significa: uma ausência. Pula para dentro da valise, mostrando claramente o desejo de impedir que seja enchida e que ela se vá. Ouve a risada argentina, de que tanto gosta, as palavras amorosas, as mãos macias que a levantam e a depositam na cama. Assiste sentada a toda a operação, até ganhar um beijo e escutar palavras de despedida. Acompanha desolada a moça até a porta e vê um carro estacionado em frente. Sabe que agora é inevitável: foi-se.

Refugia-se na cozinha. Consola-se comendo e bebendo um pouco, mas está triste. Chega até a esfregar-se nas pernas da empregada, demonstrando sua carência. Mas sabe que a moça voltará e que nada resta senão esperar por ela, mantendo-se à distância do pai que, quando sozinho, pode tornar-se perigoso.

No dia seguinte, a empregada não apareceu. Mas deixou a ração e a água para ela. A gata passa o dia dormitando, não tem vontade de brincar, só tem o consolo da comida e da bebida. À noite vai para a cama vazia, que ao menos guarda o cheiro dela. De manhã, come o resto da ração e esvazia a vasilha da água e, mais tarde, quando vai procurar novamente alimentação, encontra as tigelas vazias. Ao escurecer, o pai vai para a cozinha, mexe no fogão, põe uma panela no fogo. Liga outro aparelho, coloca um prato dentro dele e finalmente senta-se para comer. A gata fica aí, a alguma distância, olhando para ele e as vasilhas vazias. Vê que o homem percebe perfeitamente que não contém mais nada e escuta sua risada maldosa. Sente a raiva de sempre em suas palavras, ditas em voz áspera, e se dá conta que o pai não vai lhe dar nada para comer e beber.

Quando o homem sai da cozinha, vai até a lata de lixo para ver se arruma alguma coisa. Só encontra uma caixa de leite vazia, consegue pegá-la, rasga-a com as unhas e os dentes afiados e lambe algumas gotas grudadas no papelão. Mas vai dormir com fome.

Passa outra noite e começa um novo dia. A empregada não aparece e as tigelas continuam vazias. A gata sobe na pia e recolhe com a língua áspera um pouquinho de sopa que ficou no fundo da panela, sorve o chá no fundo de uma xícara. Mas a fome e a sede aumentam e quando, à noite, o pai entra de novo na cozinha e, ao vê-la, dá uma risada de escárnio, acompanhada de palavras ásperas, percebe que ficará em jejum.

Não há nada a fazer. Melhor dormir, para enganar a fome e a sede, à espera da empregada ou da moça. Quem sabe escute a chave abrindo a porta e a voz carinhosa chamando por ela. Aí, ela vai se lamentar alto e, conduzindo-a à cozinha, vai-lhe mostrar, protestando, as vasilhas vazias. E a moça vai ficar brava com o pai, discutir, brigar. Quem sabe da próxima vez a leve junto, como já aconteceu, quando viajou dentro de uma caixa. Não gosta de viajar, não gosta de lugares estranhos, mas a presença dela é mais importante que tudo.

A gata está sonhando. A moça lhe dando de comer e beber. Tem peixe fresco na tigela e ela come para valer. A água está fresquinha, como gosta. Come e bebe, come e bebe, come e bebe. Tritura o peixe e sorve a água, engole, mas continua com fome.

De repente, ouve um som diferente provindo do quarto do pai, que costuma dormir de porta aberta. Cautelosa, vai até lá em perfeito silêncio. A luz de cabeceira está acesa e o homem, deitado, emite lamentos. Está arfando e a gata senta no chão para observá-lo. Com o instinto dos animais que pressentem a morte, sabe que o pai está morrendo.

Segurando o peito com uma das mãos, o homem parece fazer um grande esforço para atingir o telefone, no criado-mudo. A gata arma o bote, pula e aterrissa perto do aparelho. A mão do homem está próxima do fone. O animal, com um golpe certeiro, derruba-o e o fone fica pendurado pelo cordão. O pai dá um grito de raiva, estica-se na cama, alonga um braço e tenta alcançá-lo. Mas a gata é mais rápida, agarra o fio e puxa-o, derrubando o aparelho. Com outro grito, o homem consegue rolar na cama até cair e, arfando, se arrasta pelo chão em direção ao telefone. O animal, alerta, aguarda que ele chegue perto para puxá-lo um pouco mais longe. Ele dá mais um grito e, de passo em passo, vai-se arrastando, gemendo e arfando cada vez mais forte, com a gata que afasta o aparelho pouco a pouco.

Agora o fio do telefone está completamente estendido. O animal começa a roê-lo com os dentes afiados, quando percebe que o pai, exausto, ficou imóvel. A respiração transformou-se num estertor. A gata sabe que chegou a hora: o homem vai morrer. Para de roer e senta-se a seu lado, contemplando com os grandes olhos amarelos, que brilham como faróis, os olhos escancarados do moribundo, cheios de ódio e de pavor, até perceber que a vida se foi. Deixa-o, então, e vai dormir na cama da moça. Não sente mais fome nem sede.

Ada Pellegrini Grinover
Doutora em Ciências Jurídicas e Sociais pela USP, Professora Titular de Direito Processual Penal, professora de mestrado e doutorado. Presidente do Instituto Brasileiro de Direito Processual. Vice-Presidente da International Association of Procedural Law e do Instituto Iberoamericano de Derecho Procesal. Doutora Honoris Causa pela Universidade de Milão.

O velho do cajado preto

Aluysio Mendonça Sampaio

E não era para menos. Ano e meio ao pé da cama, solidária companhia durante a doença de finação. Jamais seria homem de abandoná-la em sofrimentos, pois nos tinham sido tão felizes juntos. A velha nada dizia, esticada na cama, fiando mortalha, tranquila expectação de morte. Ele, matando o tempo em pinga-pinga de minutos, deu para alisar um mogno em feitura de cajado preto e desfazimento de solidões e tristezas. Parecia até purgação de pecados, em temporada de provação. Porém nem sempre. Pois ao alisar com lâmina o cajado de mogno, a impedir a asfixia de amarguras tamanhas, fazia incursões nos outroras, em ressurreição de mortos e revivescência própria. De muito aprontara o cajado, mas lustrando-o continuou, ao pé da moribunda, e isso até quando o passamento se deu.

O velho não chorou – tão longo o tempo da provação. Apenas meneou a cabeça, sussurrando, só para alguma coisa dizer:

– Coitada!

Ponto final porém pôs na purgação. Não tinha lá pecados tantos para afogar-se em melancolias, nem fora feito para conversar com sombras em expiação. Com seus oitenta anos de costado, tivera muitas primaveras, embora os carregados outonos dos tempos últimos. Não se deixara ficar como alma penada no silêncio do velho sobrado da esquina, a contar os dias como desfiar de rosário de beata. A vida rugia lá fora, no chiado dos carros passantes, zoeira no ouvido a estontear.

Mal passados dias do finamento, rezada a missa do sétimo, decidiu o velho ganhar a rua. Pouco importaram conselhos e cautelas, que tutano tinha para discernir e firmeza de pé para andar: sobretudo com o apoio do cajado preto, por ele próprio feito em rememoração dos antanhos e expiação de pecados.

Vestiu roupa escura, no bolso do colete o relógio-de-ouro-corrente-dependurada, gravata ajeitada no colarinho engomado, elegância de finuras aristocráticas. Pegou o cajado preto e, depois de tanto tempo, pisou o chão da rua. A princípio quase sentiu tontura ante o ronco dos motores e o horror de gente a passar. Mas firmou-se no cajado preto, monologou praga qualquer, e logo pôs sorriso nos lábios escondidos em barbas brancas. Começou a andar, em pose de deputado ou senador, de quando em quando a descobrir a cabeça em cumprimentos ou esbanjando acenos de mão a qualquer passante. Elegância tal jamais se vira, tão pouco agilidade tanta em pessoa idosa. Sempre a sorrir e a monologar, não se contentava o velho em andar pelas calçadas. Atravessava as ruas sequer olhando os semáforos, apenas erguendo o cajado preto em gesto de aviso ou ameaça. E então era aquilo: os carros paravam súbito à sua passagem, em estridentes brecadas. Mas o velho, trêfego, lá se ia, sem dar ouvidos a pragas e exclamações. De tanto se repetirem ocorrências tais, passou a ser conhecido como o velho-do-cajado-preto. Ao saber do fato, até sorriu orgulhoso: o cajado em mogno esculpido era apoio e arma e em seu alisamento, como já dito, fizera ressurreição de mortos e revivescência própria (fuga de amarguras e solidões).

A perambular, pois, continuou pela cidade, o dito e conhecido Velho-do-Cajado-Preto. Quem o via passar forçando alas e estancando carros, parava de espanto e respeito, tradição tanta impondo-se no instante. Quis porém o velho revivências maiores, retorno inteiro aos bons vividos e por isso deu-se a procurar os lugares seus de preferência nos antigos. Lembrou-se logo do bar do alemão, chope bem tirado como em navio à beira do cais de porto. Foi lá. Porém não achou. Sentiu pontada no peito: no lugar um prédio enorme, altura de não acabar. Procurou, então, a cantina do italiano, capelete regado a vinho de estralar a língua. Também não. Em seu lugar – tapumes. Disseram-lhe que ali se ergueria prédio de apartamentos. Esbravejou todas as pragas conhecidas, ditas e não ditas, e prosseguiu em andanças e procuras. Andou à cata dos amigos velhos, mas apenas turbilhão de gente sem parada. Tudo desconhecido. Nem todos gringos, mas forasteiros todos. O sorriso apagou-se de entre as barbas brancas – muito embora a elegância altaneira continuasse a deslizar pela rua, como carro alegórico, e ao cajado erguido todos se curvassem em respeito temeroso. Quando um qualquer tentou menosprezá-lo, logo sentiu o peso do mogno no costado. Mas nem os guardas ousaram dizer-lhe algo, pois muito respeito se impunha nas barbas e no cajado preto.

Matutou, casmurro: o sobrado da esquina seria reduto. Fingindo o mesmo garbo no apoio do cajado, o velho retornou ao sobrado, passando dias a conversar com sombras e outros na peregrinação de ruas, em busca de idos e vividos. Olhava raivoso para o grosso de gente a passar, forasteiros da cidade e do tempo. A raiva transformava-se em fúria, se contemplava carros a roncarem como bichos da selva, em desalmado chão cinzento. Lembrava-se do compadre (um visionário!) a maldizer a máquina, mormente automóvel e motor a explosão – segundo ele o grande mal do tempo. Nos antigos, até debochara do referido, a dizer bobagens. Chega mesmo a duvidar de sua cabeça: talvez doidice. Mas agora, ante a massa de carro e gente na cidade cinza, jeito outro não havia: senão acreditar. Pior: acreditar sofrendo.

Tempo maior porém ficava no sobrado, o cajado ao lado. Até que no desfiar dos ruins o pior chegou: a rua ia ser alargada, desapropriado o seu reduto. Desconsolação maior – nunca. Nem desesperação. Pegou o cajado, lançou-se à rua como se fora jovem, pernas e braços crescidos em força descomunal. Avançou para o meio da rua, investindo contra o exército de carros avassalantes. Atacou de rijo os inimigos, com o garbo de coronel da Guarda Nacional. A relembrar-se do bar do alemão, da tranquilidade da praça nos outroras, esbanjou, para espanto geral dos expectantes, cajadadas por todos os lados. Parecia gigante a destruir dragões, o som do cajado batendo em metais e estilhaçando vidros.

E assim continuou, o cajado preto dançando no ar, violento, contra os monstros metálicos, até que, exausto, caiu no chão de asfalto. Os carros continuaram a correr, roncando como feras, não sabendo se em avanço ou em debandada tresloucada. Mas o velho de barbas brancas, esticado no chão, mantinha o braço erguido, estátua de bronze – o cajado em riste!

Aluysio Mendonça Sampaio
Sergipano de Aracaju, nasceu em 1926 e faleceu em abril de 2008. Residia em São Paulo. Poeta, contista e ensaísta, publicou diversos livros, sendo o primeiro deles *Noite azul* (1971). Foi editor da revista *LB – Revista da Literatura Brasileira*.

Amaryllis

Anna Maria Martins

Firmo a vista, distingo o movimento pendular. O vulto caminha oscilante até a extremidade da varanda. Para junto às grades, ergue a cabeça. Uma lâmpada, na parte externa, espalha uma claridade enevoada, brilho opaco no gramado e nos canteiros, mostra as formas na varanda. Localizo mesa e cadeiras e um semicírculo mais nítido: a rede em balanço quase imperceptível. Distingo o vulto junto às grades. À medida que fixo a vista, as formas se delineiam com mais precisão. Agora, ele encosta a bengala no canto, as mãos se agarram às grades. A cabeça continua erguida, rosto voltado para o céu. Imóvel, intensifica a rigidez das linhas: é um esboço duro o contorno dessa face.

"Inúmeras vezes, ao longo dos últimos anos, tenho imaginado se em algum momento Amaro experimentou a sensação de piedade."

Protegida pela cortina e com as luzes apagadas, observo a figura recortando o espaço sombrio, a proeminência do nariz afilado, o queixo já sem curva. A moléstia devora as carnes, deixa à mostra a rigidez da ossatura.

Quando ouvi os passos de Amaro no corredor, esperei algum tempo e me levantei. No escuro. Sei perfeitamente a localização dos móveis e objetos. Caminho abaixada até a janela aberta, fico em pé atrás da cortina. Respiro fundo e com prazer o perfume que sobe dos canteiros. Depois da pretensa tontura, do cansaço simulado, a alegria de sentir nas narinas o ar fresco da noite.

Custei um pouco a me dar conta das intenções de Amaro. Mas, quando tive certeza, entrei no jogo sorrateira a deslizante, grudada à máscara dessa Lili que ele vê. Dessa Lili que Amaro mantém à sua volta, sempre à mão, providenciando remédios e iguarias, escolhendo vinhos. Exibindo as pernas bronzeadas e excluída de sua erudição. Essa Lili, indigna de partilhar de seu Olimpo e que no momento me serve, não sou. Confesso que Lilith foi algumas vezes pensamento tentador. Mas logo afastei a ideia. Jamais teria coragem. Ao contrário do que acontece com Amaro, não tenho a frieza necessária.

"Penso no início do nosso relacionamento e me pergunto a que profundidade Amaro teria mantido essa camada – a crosta rija que se foi estilhaçando e soltou os blocos que agora boiam ante meus olhos."

Espero. A moléstia segue a passo acelerado, questão de tempo, segundo Luís. E aguardo, fingindo ignorar que o próprio Amaro apressa o tempo. Mas que não me arraste. Luto com todos os ardis e força de que Amaro me julga incapaz.

Houve ocasiões, antes da chegada de Luís, em que eu teria aceito passivamente o jogo – solução para o desespero. Agora, Amaryllis úmida e adubada, broto colorida, o caule firme. Viver já não é um fardo.

A presença de Luís é alento, alegria. Dela extraído paciência e argúcia para sobreviver à alquimia de Amaro, cada vez mais enfurnado em sua estufa, às voltas com suas plantas, folhas secas, flores e misturas, potes, seringas e luvas. Seus compêndios. E o cérebro vagando entre a botânica e os deuses.

Vejo outra vez o sítio com olhos das primeiras descobertas. A folhagem reverdece, o vermelho dos *flamboyants* se estende pela estrada do riacho. Seguimos a trote lento, contendo a sofreguidão dos cavalos. Minha vista acompanha a leve ondulação do pasto, a limpidez do céu. Quero sol em meu rosto. Tiro o chapéu, que fica balançando às costas, preso pela tira de couro sob o queixo. Volto a cabeça para Luís, sinto ternura e gratidão: estou reconciliada com a vida.

"Amaro não teve gestos de carinho. Nem mesmo no início, quando os corpos se tocavam e a emoção poderia extravasar em ternura. Era um desejo sem caminhos de afeto, sem preparação. Vinha seco, cerebral. De seu Olimpo, Amaro concedia a dádiva. À eleita cabia a honra de ter sido a escolhida."

Molho o rosto suado com água do ribeirão, enquanto Luís dá de beber aos cavalos, que agora descansam à sombra, rédeas presas a um galho de árvore. Sentamos na mesma pedra, a de superfície chata e alongada. A de sempre. Deito a cabeça no colo de Luís e me distraio com a luminosidade que atravessa as folhas, sombras e desenhos projetados. E depois, sonolenta, fecho os olhos. Mormaço, moleza, sensação de bem-estar. Ah, não refazer a estrada do riacho, não voltar para junto daquele homem macilento e alheio, incapaz de um gesto de entrega.

Na volta falamos dele – Amaro é tema recorrente, inevitável –, e Luís insiste na necessidade de que eu me mantenha cada vez mais alerta. O que não é nada fácil. Jogar contra um adversário com a inteligência de Amaro não permite o menor deslize. É preciso estar sempre em guarda. Que Amaro não desconfie da força de Amaryllis, sob o disfarce dessa Lili inculta e frágil.

O mecanismo de defesa é elaborado: planejamento, estratégia, simulação tanto quanto possível perfeita. Algumas vezes – em ocasiões em que não consigo simular a ingestão das gotas – sou obrigada a recorrer a expedientes sumamente desagradáveis, água morna, dedo na garganta, qualquer coisa que provoque vômito. E lá se vai a refeição inteira. Fico com a garganta ardida, olhos lacrimejantes, estômago fundo e dolorido. Mas a alegria de mais um ponto ganho.

Nessas ocasiões vou logo para meu quarto – há alguns anos, desde que nos mudamos para o sítio, dormimos em quartos separados –, tranco a porta, ligo o rádio em volume suficientemente alto e me fecho no banheiro. É preciso ter sempre em conta a acuidade e a inteligência de Amaro.

"Inteligência é atributo que me fascina. A de Amaro exercia sobre mim um poder encantatório. Em suas aulas, eu permanecia imóvel, engolindo com unção cada sílaba do mestre. E, à medida que subia em sua preferência, maior era o deslumbramento. Quando Amaro me escolheu, foi a glória. Hoje, revendo nossa vida em comum, encontro sempre o erudito distante, polido. Gostaria que Amaro tivesse sido um companheiro, não um compêndio."

A meio caminho de um processo psicológico que tendia a resvalar rápido para a ruína. Era como eu me sentia. Tinha lucidez suficiente para saber que uma guinada brusca e mudança total de rumo seriam a tábua. Bem agarrada, eu conseguiria sobreviver. Mas não tinha coragem. Deixar Amaro, a essa altura – a moléstia corroendo os ossos, emagrecimento acelerado, dores –, seria uma indignidade. Fui esticando ao máximo a tensão, o desespero. Nada me interessava. Música, leitura, banhos de piscina, passeios pelo sítio já não me traziam a menor alegria. Sair da cama e começar mais um dia era o momento mais penoso.

Amaro resolveu mudar de médico, e Luís passou a frequentar nossa casa com assiduidade profissional. Depois de algum tempo a relação médico-paciente modificou-se. Amaro acata o tratamento de maneira bastante submissa e, em contrapartida, firma-se perante Luís em alicerces de erudição. Descobriu no médico um interlocutor inteligente e atento, com quem pode manter conversas profundas. Das quais sempre me exclui.

Quanto a mim, fui aos poucos descobrindo o homem sensível, solitário. E passei a depender afetivamente de Luís tanto quanto Amaro de suas receitas para a sobrevivência. As menores coisas voltaram a ter um peso, um significado. Cada chegada de Luís é uma festa, que me deixa em vibração de euforia até sua próxima vinda. Fomos nos envolvendo em companheirismo, em ternura, no contentamento que a presença de um traz ao outro.

Não sei até que ponto Amaro consegue avaliar a intensidade da relação, mas é evidente que percebe o que está acontecendo entre mim e Luís. Qualquer um perceberia. Amaro mais do que ninguém. É um jogo de simulações a três, desagradável mas necessário.

Os cavalos seguem agora a trote mais ligeiro, sempre aceleram o passo na volta. Temos tempo ainda para um rápido banho de piscina enquanto Amaro, protegido do sol, lê jornais e observa o movimento das braçadas na água.

Escolhemos o vinho e subimos para o almoço. Amaro chega pouco depois, vem da estufa certamente.

O peixe, disposto inteiro na travessa, exala tênue fumaça, um aroma delicioso de temperos. Comemos com apetite, ao passo que Amaro disfarça a inapetência, mastiga com lentidão e, a certa altura, interrompe a conversa. Esqueceu o remédio no quarto, pede-me para ir buscá-lo. Sei que é um esquecimento proposital. Vai aproveitar a minha ausência e dará um jeito – ele sempre dá – de pôr as gotas em meu copo.

Fingir que com um gesto inadvertido derramo a bebida seria expediente indigno da inteligência de Amaro. E, de minha parte, evidência que poderia fazê-lo enveredar por outros caminhos e meios. Sabe-se lá quais. Não tenho outra saída senão beber o vinho. Mas assim que nos levantamos da mesa, entro no banheiro, ponho tudo pra fora. E não me esqueci de tomar o azeite. Tomo sempre um pouco, antes de cada refeição, para proteger as paredes do estômago.

Depois do almoço mergulho em certo torpor, cansaço talvez pelo excesso de exercício durante a manhã. Recostada na poltrona, um tanto afastada, cerro os olhos e ouço. Minhas pálpebras pesam, a meus ouvidos chegam e se afastam conversas sobre alquimia, algas, constelações. Quando Luís se despede, não o acompanho até o carro.

Mais tarde, exagerando cansaço e sonolência, deixo que Amaro me ampare até o quarto.

Bem desperta agora, protegida pela cortina e com as luzes apagadas, observo o vulto esguio junto às grades da varanda: Amaro ergue a cabeça, volta o rosto para o céu. Pensa em seus deuses, certamente. Aos quais dentro em breve irá se juntar.

Quanto a mim, Amaryllis úmida e adubada, finco as raízes na terra, broto colorida, o caule firme. E integro a paisagem enquanto puder florescer.

Anna Maria Martins
Paulistana, membro da Academia Paulista de Letras. Foi vice-presidente da UBE. Publicou seus primeiros contos no *Estadão*. Recebeu o Prêmio Jabuti como revelação de autor; o Prêmio Afonso Arinos, da ABL, por *A trilogia do emparedado* e o Prêmio do Instituto Nacional do Livro por *Katmandu*. Dirigiu a Oficina da Palavra da Casa Mário de Andrade, entre 1991 e 1995.

A cabra

Audálio Dantas

O homem e o menino saíram bem cedo, escuro ainda. Os galos cantavam os últimos cantos da noite, amiudados, enquanto os dois se distanciavam e deixavam para trás os vultos escuros das últimas casas da rua, o pedaço mais pobre do lugar.

O lugar: quatro ruas em cruz, maltraçada cruz, desalinhada, as casas encostadas umas nas outras ao longo do que foram antes os caminhos dos almocreves. Do jeito que os cascos dos burros de carga traçaram o seu destino de ir e vir, ali cruzando os seus caminhos, fez-se o desenho – aquela cruz – do povoado.

No exato ponto em que os caminhos se cruzavam havia antigamente árvores altas, de vastas sombras, e uma fonte de água boa de beber. O lugar de descanso dos homens e dos animais.

Agora é a praça, o ponto onde as ruas desembocam. A praça, o *Quadro*, como o povo diz. Em volta, as casas melhores do lugar, as fachadas pintadas de cores fortes. O resto, nas quatro direções da cruz, é o escuro do barro batido, aqui e ali uma parede caiada, uma platibanda a se elevar sobre os telhados que se alastram como se fossem um só, a cobrir as fileiras de parede-meia.

Lá de cima, do alto da Chã-de-cacos, dá para ver o povoado inteiro. Mas àquela hora, com a luz do dia apenas insinuada, as fileiras de casas se espichavam em blocos escuros, enevoados, imprecisos. Apenas a torre da igreja, no *Quadro*, emergia do conjunto esfumado, revelando os seus contornos.

O menino ia contentinho, seguindo os passos do pai.

Não entendia bem a razão daquela viagem, nem sabia direito para onde iam. O pai lhe dissera, na véspera, "Amanhã você vai comigo", e ele sabia que devia ir. Não adiantava perguntar nada, porque as respostas eram sempre complicadas para o seu entendimento. As coisas faltando dentro de casa, o pai acabrunhado, isto dava para ver e sentir. A viagem anunciada na véspera certamente tinha a ver com o desassossego do pai.

No entanto, a viagem inesperada era uma coisa boa. Havia alegria no coração do menino.

Os pequenos pés descalços afundavam na areia fina do caminho, enquanto o mundo ia clareando aos poucos. Os matinhos rasteiros cobertos de orvalho agitavam-se levemente com o vento e das moitas mais espessas os primeiros pássaros do dia levantavam voo. Iam passando os cercados, as terras de vazante, de beira-rio, rio baixo, deixando de correr, quebrado em poças aqui e ali, no fundo.

Toda vez que aquele rio começava a faltar – o menino já sabia disso – o povo se afligia, porque era sinal de que os tempos que estavam por vir seriam mais difíceis.

O sol que secava o rio levantava-se, vermelho, sobre o mundo acinzentado que se estendia até onde a vista alcançava – a serra azul, um lugar tão longe e tão bonito que dava para ver, mas não dava para alcançar. A areia esquentava sob os pés do menino, e caminhar já não era tão fácil como no começo da viagem. A pequena carga que lhe coubera carregar começava a pesar: de um lado, a tiracolo, uma mochila com farinha e carne de charque; do outro lado, uma cabaça cheia de água. Recuado no passo, ele admirava a figura do pai, aquele homem grande e forte, de andar firme, mesmo debaixo do peso de um baú recém-pintado de vermelho.

Era um baú novo, enfeitado com arrebites dourados que brilhavam sob o sol daquela manhã. O pai levara dias a construí-lo, tábua por tábua, prego por prego. Ele se preparava – o menino imaginava – para um novo negócio, visto que outras tentativas, muitas outras, não tinham dado certo. A última, antes daquele baú cujo conteúdo ainda não lhe fora revelado, tinha sido a *roda da sorte*, máquina maravilhosa que fizera enorme sucesso nos dias de feira que se seguiram à última safra. Um negócio de jogo, a roda com bichos pintados, rodando e parando, o povo apostando. A roda ficava no alto de uma bancada de madeira, entronizada como santo em andor, rodando e brilhando, colorida, arte do pai, que a construíra dos restos de uma velha bicicleta.

O dinheiro corria, em notas amarrotadas que os homens excitados jogavam sobre as figuras de bichos pintadas no pano de oleado estendido sobre uma grande mesa. Mas as feiras começaram a minguar com o fim da fartura momentânea da safra e com a aflição dos dias de sol prolongados, passando março e abril e avançando em maio, que já era tempo das roças estarem crescidas e viçosas.

Um dia, a roda parou de rodar.

Agora, o baú. Como a viagem anunciada na véspera, de repente, o baú era uma surpresa. Continha coisas para vender, disso o menino tinha quase certeza, mas não sabia o quê. O pai tinha esse jeito de fazer as coisas, calado, ansioso como um menino pela novidade. Seus pequenos olhos azulados perdiam-se nos longes da imaginação quando ele se preparava para uma nova invenção. Depois, descoberto o caminho, punha-se a construir as coisas imaginadas, dando-lhes forma com suas mãos inquietas. Nesses momentos de fazer as coisas, trabalhando ferro, madeira, barro – o que fosse –, costumava assobiar uma musiquinha ligeira, alegrinha, provavelmente inventada por ele mesmo.

Aquela era uma viagem de mascateação, logo o menino descobriria. Um novo negócio do pai, tangido pela necessidade, mas trazendo consigo, no brilho do baú vermelho, o encanto das coisas novas.

A revelação foi feita na primeira parada concedida pelo pai.

"Quer ver?", ele perguntou logo depois de depositar o baú junto ao tronco de uma grande árvore. Ali, na proteção da sombra, o homem se preparou para a exibição como se fosse mágico. Pressionou os trincos devagar, pontuando os movimentos com o estalar do metal, até deixar livre a tampa, que foi erguendo sob os olhos maravilhados do filho. A tampa, por dentro, tinha brilhos e cores que a luz forte daquela hora do dia tornava mais bonitos. Era um tesouro de espelhinhos, frascos, latas coloridas, miçangas, tudo bem arrumado como se fosse numa vitrina. E mais havia naquele baú que o homem, refletindo em seus olhos o brilho do olhar do menino, exibia com uma alegria antiga, num jeito muito seu de espantar aflições e asperezas da vida. A parte da frente, que se abria como uma segunda tampa, dava acesso a gavetas, cada qual contendo mercadorias diferentes, objetos de enfeite e de utilidade, agulhas, botões, grampos, fitas, carretéis de linha. Por fim, como surpresa maior, hastes de madeira embutidas no fundo da peça transformavam-se em pés, cruzados em xis sustentando o baú na altura de uma mesa.

O destino era a feira de um povoado vizinho, lugarejo miúdo, magro, de uma rua só, comprida, estreita, com alguma largueza a meio caminho, no ponto em que se erguia a igreja e se fazia a feira. No seguimento, as duas fileiras de casas, casebrezinhos, iam rareando até o reencontro com os pastos, por onde continuava o caminho. Pelas duas extremidades, àquela hora da manhã, o sol já alto e ardendo, chegava o povo de fora para a feira, os do lugar com suas tendas armadas, à espera – sábado era o dia maior do lugar. Os de fora vinham com suas cargas, frutos da terra, os que a terra ainda conseguia dar naqueles dias de ardência.

Juntavam-se ali os pobres, na troca do pouco que conseguiam amealhar.

O baú, no meio da feira. Vermelho, brilhando, na verdade a maravilha das maravilhas naquele pobre ajuntamento. Era só olhar e ver:

sacos de farinha, de feijão, de milho, montinhos de batata-doce, de mandioca, de abóboras. Aquele povo todo – o menino considerava – não devia perder tempo no meio do emaranhado da feira, pois ali estava o baú vermelho inventado por seu pai, brilhando no meio de tudo, magnífico em suas cores. O pai era aquele homem bonito e sabido que se postava como um rei atrás de seu tesouro, "Quem quer comprar, é novidade, é mercadoria chegada nos navios, coisas do mundo".

Eram coisas do mundo de fora, que tinham brilho. Chegavam as moças, meninas de olhos arredios que não conseguiam disfarçar o encantamento que refletiam. Aquelas latinhas de pó e de *rouge*, as voltas de contas coloridas, os espelhos, os frascos de cheiro, as coisas do mundo, ali, semiencantadas. Até as mulheres mais velhas, sumidas debaixo de seus panos pretos, deixavam escapar lampejos de seus olhos esquecidos.

Os negócios, poucos. Carretéis de linha, agulhas, botões, coisas de ajutório, de remendação, de consertos da pobreza. Mas o pai, diante de seu baú, sua última invenção e tentativa de sobrevivência, tinha os olhos carregados de esperança, homem de sonhos muitas vezes sonhados.

No meio da tarde, ele aprumou a mão direita em pala no meio da testa, de modo a proteger os olhos, e disse, como se falasse para o mundo, "Já é tarde, não dá mais". Depois fechou com cuidado o seu baú e disse "Vambora". Em sua cabeça, no juízo quente e ardido de sol, começou a se formar uma ideia que tomaria corpo no seguimento da tarde, conforme o menino veria.

Saíram pela outra ponta da rua, pisando a areia quente sob o sol ainda alto pendurado num azul de doer os olhos. Pelo caminho, de longe em longe, iam parando nos terreiros das casas, exibindo as maravilhas do baú, mas fazendo só negocinhos miúdos.

Na última casa em que pararam, já perto da noite, começou a nascer um negócio inverso, de dentro para fora, "Tem aí essa cabrinha, estou precisando, estou vendendo". O homem, meio dentro, meio fora, os batentes da porta a lhe servirem de moldura, tinha a voz pequena, arrancada da escuridão do peito, misturada com a escuridão das entranhas de sua casa.

A casa, na beira do caminho: a porta, o retângulo da janela feito de madeira cinzenta, muito velha, as paredes pardas, de barro antigo, batido. Àquela hora, a luz do tempo já incerta, prosseguia o negócio, um homem vendendo, outro querendo comprar uma cabra. Havia a tristeza do dia se acabando, esmorecendo nos matos cinzentos em redor. O menino via e sentia aquele mundo quase sem contornos. Mesmo sob a luz fugidia, dava para ver, magra e inquieta, a figura da cabra. Amarrada no oitão da casa, ela se movia o quanto lhe permitia o tamanho da corda.

Era uma cabra cinzenta, mal-sustentada sobre as pernas altas e finas, as costelas marcadas debaixo da pele. Berrava de vez em quando, uns berrinhos fracos, indecisos. As tetas murchas, dizia o homem seu dono, já tinham dado leite, o bastante para botar em pé o menino mais novo da casa. Agora, a cabra estava seca, por isso estava sendo vendida.

O caminho, dentro da noite. Por ele seguia o pai, arrastando a cabra, seguido pelo menino, que sentia a garganta doer, uma dor funda, aguda, cheia de pressentimentos. A viagem de volta, coberta de sombras, escureceu o seu pensamento, que tinha sido claro e bonito durante o dia bem cedo amanhecido e prosseguido das novidades e dos encantos do baú vermelho, agora sem cor, na cabeça do pai, que o segurava com a mão esquerda, enquanto com a direita arrastava a cabra, de vez em quando perdendo a paciência com ela, que não conseguia acompanhar-lhe os passos.

Amanhã bem cedo essa cabra vai morrer, o homem vai pensando e o menino seu filho pressentindo o plano: naquela viagem, entre a madrugada e a boca da noite, muitos planos se arrumaram e se esvaíram no pensamento do homem. O último, a mistura da mascateação com o negócio de comprar bichos para o açougue, pareceu-lhe o de mais acerto, comprando e vendendo as miçangas, com o apurado comprando os bichos, mesmo esses miúdos e secos dão alguma carne, um dinheiro a mais. Ele pensava essas coisas enquanto nuvens escuras e espessas inchavam dentro da cabeça do menino, que considerava ter vivido um dia bom e agora se via mergulhado no tormento de uma noite de espera pela morte daquele bicho magro, preso à ponta de uma corda, o passo acelerado pelos puxões que o homem, na outra ponta, repetia de quando em quando.

O menino era assim, sabia por que lhe haviam ensinado, que os homens precisam dos bichos para viver, e por isso os matam, mas não deixava de estremecer toda vez que imaginava a matança de um deles. O bicho, no quintal ou nos matos, inocente sem saber de nada, e de repente a pancada, a faca afiada, a pele arrancada, as carnes cortadas em pedaços.

Dava para ouvir, contar os passos da cabra, um pisar miúdo pontuado pelos berros fraquinhos que mais pareciam lamentos. Os olhos do menino, já acostumados à escuridão, colhiam a cena por inteiro – aquela marcha de um homem e de uma cabra sendo arrastada para a morte. Os bichos do ar, agora aninhados nas copas mais altas das árvores, mergulhavam no silêncio das horas escuras e quietas, menos os rasga-mortalhas, uns pássaros que riscam a escuridão piando um pio fino, cortante, dizem que de mau agouro, de anúncio de morte.

Essas histórias se misturam com as de assombração, de almas do outro mundo. O menino tremia, olhando para trás e para os lados, o medo crescendo e se avolumando na massa escura das moitas da beira do caminho. Para espantar o medo, ele tossia, uma tossezinha curta já conhecida de seu pai, que na frente seguia pensando como evitar que o menino, seu filho, sofresse com a morte que estava por acontecer. Seria uma morte rápida, antes que o dia nascesse e o ajuntamento da feira começasse. O menino, cansado, estaria dormindo e quando acordasse tudo seria coisa passada.

Agora, no caminho, o menino sentia medo e tossia sua tosse que era anúncio de suas angústias. O pai entendeu e disse, pensando que assim espantava a pena e o medo do filho, "A noite está boa para caminhar, tem estrelas no céu e o vento corre maneiro". O menino sentiu algum alívio ao ouvir a fala do pai, podia ser que ele tivesse alterado o seu plano. Arriscou, então a pergunta: "Pai, onde é que a cabra vai ficar?".

Outro lugar não há para a cabra, a não ser o quintal, mas este seria provisório, de ligeira serventia, de passagem. O homem não queria dizer que seria assim, mas não tinha outra resposta, tudo estava determinado, logo de manhãzinha a cabra estaria em pedaços, na feira, como era preciso. Pensou e repensou e só teve jeito de dizer "Eu vou pensar", e assim dizendo mergulhou num silêncio escuro.

Na escuridão, o menino pôs-se a imaginar os olhos azulados do pai, aqueles olhos que se punham longe, anunciando novidades, e entendeu que eles tinham perdido o brilho. Estrela nenhuma daquelas que pontilhavam o céu podia trazer de volta a luz dos momentos felizes aos olhos do pai, que tinham ficado assim, opacos, desde o instante em que, mesmo debaixo do sol forte, surgira a ideia de negociar com a morte dos bichos. A noite se estirando, espessa, encompridava o caminho e se afundava para dentro do menino. Longe estava, já, a claridade feliz do amanhecer daquela viagem. A noite entrava, também, pelos olhos opacos do pai, pesando dentro de sua cabeça, formando pensamentos escuros.

As casas da rua estavam apagadas e silenciosas na hora em que eles chegaram. A mãe veio e disse "É muito tarde, o menino deve estar estropiado". Disse isso e nem perguntou nada sobre a cabra que, no meio da sala, mal alumiada pelo candeeiro, parecia tremer sobre as pernas finas. Logo o pai a arrastou pelo corredor e sumiu na escuridão do quintal. Quando voltou, a mãe já tinha pronto o café que ficara na quentura do fogão, à espera, e disse "Vocês precisam comer alguma coisa". O que tinha em casa, um cuscuz de milho seco, o pai engoliu com longos goles de café. O menino não quis nada, não tinha fome, só aquela dor funda e aguda a lhe apertar a garganta.

No quintal, a cabra emitia aqueles seus berrinhos fracos e indecisos que mantiveram o menino acordado, o sono desvirado até a hora em que ele não mais suportou e então adormeceu, mal-dormindo nos estremecimentos. Sonhou sonhos emaranhados e ofegantes, com remansos aqui e ali. Num deles o pai, outra vez senhor do antigo brilho nos olhos, levava a cabra para soltar no campo da vazante que restava verde.

Num estremecimento maior, o menino abriu os olhos e viu que já era dia. Afundou pelo corredor, na direção do quintal. Lá estava, batido pelo sol que já se alteava sobre as mangueiras, o couro da cabra espichado dependurado na cerca. O caminho de volta foi rápido, o menino afundando pela casa, depois correndo pela rua que era o braço direito da cruz do povoado.

No meio da feira, no centro, no *Quadro*, estava o pai debaixo de uma tenda improvisada, a bancada de madeira exibindo a cabra repartida em quatro. O pai, as mãos inquietas manchadas de sangue, olhou o filho com seus olhos opacos e não disse nada.

Audálio Dantas

Alagoano de Tanque d'Arca. Vice-presidente da ABI (Associação Brasileira de Imprensa), foi chefe de reportagem na revista *O Cruzeiro*, redator-chefe na *Quatro Rodas*, editor da *Realidade*, chefe de redação na *Manchete*, editor da *Nova*. Compilou o diário da favelada Carolina de Jesus, traduzido para treze idiomas. Autor de *O chão de Graciliano* e de diversos livros sobre a infância de escritores.

In Limine

Beatriz Helena Ramos Amaral

Há uma vaga ideia de água em quase tudo que amanhece. Se escapa, você tenta, nas gotas de vidro, fazer água. Espera na antessala, redesenhando as abas de um chapéu, aguardando o impacto das mãos primitivas que, a qualquer momento, poderão esmurrar o aquário.

Rasa a ideia do lago, maior o tempo que baila nas bordas do terceiro atalho. Rala a sua espessura. Inconsciente, seu mergulho é só uma hipótese a mais entre as frestas do cotidiano pálido. Neste vão quase irreversível do dia, você hesita, cambaleando. Oscila, titubeia, mas se atira. Seus cavalos têm sede. Você para.

As estações de trem não se tocam. Uns saltam da janela, outros atiram rosas e reconhecem os vagões. Mas não escolhem o tempo nem a porta de imersão. Tudo ainda é escasso. Até o sentido da vertigem. Uns constroem barcos, outros tecem redes ou pintam cactos, com o *crayon* subtraído da memória. Você, é claro, prefere as tulipas. Entre a intermitência de um rascunho e o provável desejo de adesão às águas, você salta. Alguém rebobina as cenas. Pula. Rebobina. Seu salto é metaforicamente calculado. Olha impotente para o espelho, pede um vento.

Sentado à mesa, aguardando a refeição, ergue o copo. Um movimento hesitante faz transbordar o suco. Manchas amarelas agora se alastram pela toalha. Constrangido, você quer minimizar o estrago.

Usa guardanapos, aqui, assim, ali, só mais um pouco. Eles chegarão logo, é melhor que nem percebam.

Você fora o primeiro a entrar. Consultara o relógio, percebendo que todos estavam consideravelmente atrasados. A rua é esta; o restaurante parece o de sempre. Claro, os outros já deveriam estar ali, neste horário, pensa, quando uma voz o interrompe.

– Almoçamos, Pedro. Ao menos, você me fará companhia – diz o rapaz moreno, que se aproxima, de óculos, muito à vontade, sem ostentar, porém, qualquer traço que lhe seja familiar.

– Só eu?

– Isso. Nesta época, é assim mesmo. Cada um com um imprevisto, os compromissos lotando as agendas.

Você examina seu interlocutor, perscruta-o com sua lâmina mais sutil, mas nem assim o reconhece.

– Sabe, Pedro, fiz três audiências ontem. Em nenhuma saiu sentença. Numa delas, parecia que ia dar acordo, mas, na última hora, a parte contrária mudou de ideia. Eles pediram memorial. Mas, hoje, não; estou tranquilo. Depois do almoço, vou passar rapidamente pelo escritório e vou buscar minha filha na escola. Hoje é o dia de ela dormir lá em casa.

Você e o desconhecido se servem de salada. Brócolis, aspargos, cogumelos. Sincronicamente, adicionam azeite, pouco sal. Nenhum dos dois parece ter muito apetite. Ótimo este molho, alecrim, manjerona. Tudo o que não vale se tempera.

– O Ricardo também viria, mas precisou acompanhar o sogro.

– Ricardo?

– É, o Ricardo. Hoje é quinta, é dia de ele vir... Mas foi com o sogro para Itaipava. Querem fazer negócio com uns terrenos que o Doutor Gaspar tem lá.

Ora, mas quem é este que lhe fala sobre pessoas e fatos que também ignora? E você, que sujeito será, para ele? Quem se confunde neste labirinto? Quem brinca nos domínios de Mnemosine? Se há um engano, um flagrante engano, não deverá ser esclarecido? Se você disser: "Meu amigo, olhe, nós estamos aqui almoçando juntos, mas não sou este que você pensa. Não sou Pedro". E se ele perguntar: "Então, quem é você?". Diante desta pergunta, certamente, você não terá resposta. Então, você espera que novos dados possibilitem a descoberta da charada insólita em que involuntariamente se inseriu. O estranho prossegue, sem supor seu desconforto:

– Esta construção do novo shopping center deu um trabalho danado para muitos amigos nossos. As obras foram embargadas. É. Três vezes. Agora, está tudo caminhando normalmente. Revogaram a liminar que estava em vigor. Agora, na semana passada. Torci muito, Pedro, como torci. Um dos sócios do empreendimento é meu cliente. Você o conhece, Pedro, é o Rodrigues de Lima, aquele cujo filho estuda teatro e a filha tem uma banda de rock? Ele mesmo. Mora ali na Gávea, quase vizinho do Medeiros. Boa pessoa e bom cliente.

– Medeiros. Ah, o Medeiros – você finge lembrar.

– Nosso colega e amigo. Orador da nossa turma.

– Ah...

– Bem, vamos ao linguado. Parece excelente, como sempre.

E o almoço assim transcorre, com pistas e dados que não lhe servem ao esclarecimento do mistério. Você responde às perguntas com monossílabos que aparentemente guardam conexão com o assunto. O desconhecido tem mais novidades.

– E aquele caso do Adauto? A intimação veio em nome da ex-mulher. Ele reagiu; telefonou para o escritório antes das nove horas. Uma fera. Sabe como é?

Você arrisca um adjetivo qualquer que se encaixe no contexto.

– Terrível.

– Nem fale. Ah, sabe, Pedro, gosto daqui. Há quanto tempo nós frequentamos o Regghi?

– Já nem lembro.

– Uns oito anos, provavelmente.

– Oito?

– Acho que sim. Porque me lembro que eu ainda não tinha me separado e a Isabella estava no pré, maternal, infantil I, infantil II, alguma coisa assim. Muitas vezes, a Mônica ligava e me pedia para ir buscá-la, porque ela não podia deixar o consultório e eu ia correndo... Aliás, amigo, a sua afilhada, às vezes, pergunta de você, porque não tem aparecido.

– Vou aparecer; pode dizer a ela.

Depois da sobremesa, você saca o cartão de crédito, já se preparando para os ritos finais da inusitada refeição. Com alívio, pensa: "É agora". Poderá ver o nome impresso no cartão magnético. Checa o nome, mas não dá para ler. Parece um idioma desconhecido. Ou miopia e presbiopia que se sobrepõem.

– Deixe, Pedro, este é por minha conta. Eu é que convidei.

– De modo algum – você insiste. Faço questão. O último você acertou; este é meu.

– Foi?

– Então não lembra?

– Tá bom, mas o próximo...

É sua chance. Pretende desfazer o engano tão logo o garçom retorne com a nota. Mas, quando você assina, não consegue ler o valor, o nome, nem consegue entender o que assina. Tudo permanece ilegível. Então, e agora? Quem é este estranho? E quem é este Pedro que eu sou?

O desconhecido se despede, cortês.

– Até a próxima, amigo. Acho que nos veremos na quarta, lá no Tribunal?

– Na quarta, é?

– Na Sessão Plenária. Aquela sustentação oral...

Ele se afasta, convicto, lhe deixando novas interrogações. Você caminha, lentamente, desabotoa o paletó, afrouxa a gravata. Há uma praça à frente. São Paulo, Rio, algum centro de cidade grande, conversa forense, nada de concreto isso lhe diz. Um banco e você resolve sentar-se. Investiga o próprio bolso da camisa com as mãos. Uma carteira sem nome; dinheiro, nenhum cartão de visitas, mas uma fotografia.

"Quem será esta moça, sorrindo? Você a retira e olha o verso. Dedicatória. Para o Pedro, um beijo, Marília. Marília? Mais uma pista inútil. Seria uma esposa? Namorada? Ou o quê? Ah, agora, sim, um endereço escrito a mão em um guardanapo. De alguém importante. Ilegível, mas você pergunta a dois ou três pedestres que encontra. Eles vão norteando o caminho, por ali, por aqui, duas à esquerda, atravesse em frente à agência do Itaú e é a próxima. E você chega. Espanta-se mais uma vez. É uma loja. Uma loja em que você teria estado?"

– Boa tarde. Sou Pedro.

Uma voz ecoa, grave:

– Deixe, Stella, que eu mesmo atendo o Doutor Pedro Paulo. Como vai, Doutor? Sua encomenda está aqui – diz o senhor, gentilmente, sorrindo e lhe entregando o embrulho.

Você toma o pacote e também sorri, na iminência de desvendar o enigma do dia.

– Quanto lhe devo?

– Nada; o senhor pagou adiantado, quando fez a encomenda, na terça-feira.

Você caminha com o embrulho nas mãos. Para colher o que plantou, soprar as letras da tarde. Caminha. Agora, resoluto. Rápido, mais rápido, pela passarela, pelo túnel. Você transpõe as avenidas. Alameda após alameda, essas cinco travessas, mais três ruelas, você continua, por ali, segue pelos becos invisíveis, sem placas.

No balcão do aeroporto, lhe dão um cartão de embarque e dizem boa viagem. O nome. Pedro. O sobrenome não está legível. Mas você embarca. E sobrevoa, a muitos mil pés de altitude. O embrulho é uma parcela de futuro. Você desembarca e pergunta: "Aqui é o Galeão? Cumbica? Santos Dumont? Congonhas?". Uma moça de óculos escuros lhe sorri: "o senhor tem bom humor, hein? Piada de aeroporto!".

A bagagem. Não há bagagem. Enquanto os outros aguardam junto à esteira rolante, você continua a caminhar. Pelas ruas que circundam o aeroporto. Atravessa novas avenidas, alamedas, contorna esquinas, e um ímã o conduz a esta nova paisagem lacustre. Como uma espécie de porto. Ninho, porto, travessia.

Novamente o lago. Tudo é vespertino, agora. Matizes de verde-azul. Você rememora as escamas das carpas. O alaranjado, a cor de fogo. Olha para os lados. Ninguém por perto. O embrulho será aberto. Primeiro, o papel. Aparece a caixa, você retira o durex das bordas. Crshshshsh! Tombam ao chão mais de cinquenta pequenas bússolas douradas. Você sorri. Toma uma delas nas mãos. Acaricia a superfície reluzente.

As placas se fixam à esquerda do lago: "Vendem-se bússolas". Você descobre o norte. Há uma ideia de água onde você está.

Beatriz Helena Ramos Amaral
Paulistana, publicou *Desencontro, Encadeamentos, Primeira lua, Poema sine praevia lege* (indicado ao Prêmio Jabuti em 1993), *Planagem, Canção na voz do fogo, Alquimia dos círculos, Luas de Júpiter*. Recebeu o Premio Internazionale di Poesia Francesco de Michelle em 2006. Mestre em Literatura pela PUC, Promotora de Justiça.

O sufoco

Bernardo Ajzenberg

A pequena tinha chegado em casa com quatro dias de vida. Agora já completara um mês. Bruna guardava no inchaço do rosto e no andar vagaroso os sinais do parto difícil. Minha licença-paternidade, informal, não durara mais do que três dias – é o preço a pagar por ser um profissional liberal: a imprevisibilidade.

Eu enfrentava dificuldades naqueles dias, financeiras e tantas outras, muitas desordens, um sobrepeso físico, um cérebro talvez excessivamente infeccionado – um registro de imperfeições no corpo que já beirava o insustentável.

A pequena, apesar do parto difícil, viera saudável, peso e tamanho normais, muito agitadinha, e em casa gozava quase sem intervalo das atenções da mãe (ou da babá). Havia, porém, um detalhe: cismava em acordar muitas vezes durante a noite. Mais do que isso: não retomava o sono se você – quer dizer, eu ou a mãe – não brincasse com ela durante pelo menos meia hora.

Bruna, exausta, incumbiu-me da tarefa, de modo que passei a acumular noites de sono interrompido, noites realmente intragáveis. Difícil conciliar o sono quando se acorda desse modo. Passei a ter, por isso mesmo, dias ainda mais intragáveis. Dias selvagens, de músculos moídos, sem reflexo, de membros doloridos, quando o sangue custa a circular e a cabeça, desarvorada, pensa mal.

As mãos começavam a tremer a intervalos cada vez menores, os olhos tremelicavam – o que não é menos do que absolutamente trágico para um dentista em começo de carreira. Minha concentração no trabalho falhava crescentemente, na proporção inversa em que a pequena, muito ao contrário, comparecia todas as madrugadas com seus apelos frenéticos, seus convites de festa. Durante o dia, o comportamento era normal, a babá nada comentava, nada observava de excepcional.

Foi quando, após muita hesitação e sem consultar ninguém, bolei e executei um sistema de desinquietação que me parecia infalível: com a menina deitada de barriga para baixo no bercinho, pressionei sua cabeça contra o travesseiro de forma que ela não pudesse respirar durante três segundos; em seguida, com a criança ofegante, permiti dez segundos de liberação. Repeti a operação quatro ou cinco vezes. Como o esperado, o processo provocou o aumento da pulsação, falta de oxigênio no pequenino cérebro e um gasto acelerado de energia.

Durante três dias efetuei essa espécie de ritual secretamente naquelas madrugadas vertiginosas e catastróficas, ciente dos riscos que ele implicava. Mas o êxito foi absoluto: a partir do quarto dia, a pequena, como eu supunha, passou a dormir a noite inteira, de modo angelical, terno e tranquilizador.

Bruna não soube, na ocasião, do meu eficaz estratagema, mas comemorou o acontecimento e anunciou pelo telefone, feliz, uma surpresa: na noite seguinte àquele quarto dia, quando eu chegasse do trabalho, veríamos a fita de vídeo que ela mandara gravar – sem meu conhecimento, com uma câmera escondida – com todos os certamente graciosos movimentos (palavras dela) da pequena em seu bercinho, fosse de dia fosse de noite (evidentemente, como me relatou depois, o propósito inicial disso era vigiar a babá durante o dia, quando nós dois nos ausentávamos de casa, mas ela tinha achado interessante gravar também a noite da pequena, pra guardar como lembrança).

– Você já viu a gravação? – perguntei.

– Não, não, querido. Deixei para a gente ver juntos hoje à noite. A gente janta, põe a Clarinha para dormir e assiste. Tudo bem?

– Tudo bem.

Não ficou claro, para mim, naquele instante, se ela já tinha alguma noção do conteúdo da gravação. Pela resposta e pela voz ao telefone, não.

Quando deixei o consultório, já eram oito horas da noite. Em casa, meia hora depois, a pequena já adormecera e fui ao quarto para lhe dar um beijo na cabeça, sentir como andava a sua respiração (preocupação derivada do "tratamento de choque" que eu lhe impingira), enquanto na cozinha Bruna fazia a gentileza de esquentar um prato de macarrão tricolor para o marido exausto.

Ao voltar para a cozinha, depois de passar pelo banheiro, vi o conjunto de fitas-cassete arrumado em frente à TV, com o vídeo já ligado. Eram quatro fitas.

– Cacá, você não vem comer? – perguntou-me Bruna, de lá da cozinha, carinhosamente.

– Já vou, querida – respondi, enquanto pegava as fitas. – Mas antes quero trocar de roupa, que hoje foi infernal. Você pode fazer aquela salada de repolho com cenoura para mim? – pedi, como forma de mantê-la ocupada na cozinha.

– Claro!

Subi com as fitas para o pequeno escritório que mantenho em casa. Abri a primeira gaveta da escrivaninha e de lá tirei o canivete suíço que minha mulher me dera de presente de aniversário no ano anterior. Foi tudo bem mais simples do que eu imaginara: rasguei as fitas em diferentes lugares, fiz alguns furos, tudo de modo silencioso mas com muita rapidez.

Fechei a gaveta e desci com o pacote na mão, depositando-o no mesmo lugar, em frente ao aparelho de videocassete, como se ninguém tivesse mexido nele.

– Hum, esse cheiro está uma delícia! – comentei entrando na cozinha. – Bela surpresa!

– É isso aí, Cacá – retrucou Bruna com um olhar diferente que tomei como excessivamente irônico. – E você não sabe o que ainda te espera hoje à noite.

Bernardo Ajzenberg
Paulistano, autor de *A gaiola de Faraday* (Prêmio de Livro de Ficção do Ano da Academia Brasileira de Letras) e *Homens com mulheres* (finalista do Prêmio Jabuti), entre outros. Crítico e resenhista literário, atuou em veículos como *Gazeta Mercantil*, *Última Hora* e *Veja*. Foi secretário de redação e *ombudsman* na *Folha de S.Paulo*. Atualmente, coordena o Instituto Moreira Salles.

Trigal

Betty Vidigal

Entrou no quarto e viu as malas. Em cima da cama. Duas.
Fechou a porta, batendo-a com fúria. Ai, fúria não. Era desespero.
Ela saiu do banheiro da suíte enrolada na toalha, água pingando dos cabelos molhados e escorrendo pelos ombros, olhos brilhantes. O vapor que escapava pela porta do banheiro inundou o quarto careteando por trás dos ombros dela, rindo dele sem que ela percebesse.

– Precisa bater a porta desse jeito, Carlos?
– Você vai mesmo?
– Vou, querido.

Olhando-o com carinho e com um pedido de desculpas implícito na entonação da voz, tocando-lhe de leve a manga da camisa.

– Tenho que ir – explicou, baixinho.

Ele puxou o braço. Vontade de jogar a mulher na cama, apertar o pescoço até que parasse de respirar, até que os olhos pulassem fora do rosto, até que suplicasse por um perdão que negaria.

Não. Não negaria.

Ah, jogá-la na cama e arrancar a toalha, amá-la com um desespero de libertação.

Sobre a cama, pilhas organizadas de roupas coloridas. As camisetas, os casacos, os maiôs. Os muitos sapatos. O vestido de veludo lilás que ele lhe dera no aniversário, quando a levara para jantar no restaurante preferido dos dois, tentando reconquistá-la, já desconfiado de que a perdia, perdia, perdia. Ficou linda no vestido, batom roxo projetando um reflexo estranho nos dentes.

– Não vá – ele pediu, quase inaudível.

– Tenho que ir.

E baixando a cabeça repetiu, no mesmo tom que ele usara, um sussurro:

– Tenho que ir. É meu destino.

– Ele não te ama.

– Não.

Ficaram em silêncio, olhando-se: a ligação aparentemente inquebrável daquele olhar. E no entanto logo se quebraria.

Ela abanou a cabeça, melancólica. E acrescentou:

– Mas ele pensa que sim. Não sabe, é jovem demais.

– Eu é que te amo.

– Eu sei.

– Lenora.

A pele dela, avermelhada pelo banho quente.

A toalha branquinha enrolada sob as axilas.

Ele pensou nos muitos banhos que tinham tomado juntos. Lenora nunca soube, e agora não saberia nunca mais, como Carlos se sentia quando a via passar creme nos pelos do púbis, o mesmo creme que usava nos cabelos. O que tornava isso tão excitante é que era uma coisa que fazia só para ele. O resto, o resultado final, o penteado, o vestido, a pintura leve do rosto, o resto todos iriam ver. Mas isso era só para ele.

Naquele momento, saindo do banheiro, ela cheirava a sabonete de algas e maçã. O cheiro de sempre quando saía do banho. Em tempos felizes, ele ria da quantidade de cosméticos que ela usava. E ela explicava quase apaixonadamente a finalidade de cada produto. "Para ficar mais bonita pra você, meu amor."

"Para te comer melhor, minha netinha", diria o Lobo Mau. Só que agora a loba era ela. E Max? Seria Max o Chapeuzinho desta história? Mas não, não. Sabia que não: ela era inocente, fora seduzida.

Seduzida por um garoto?

Olhou em torno, para os detalhes do quarto. Tão confortável, planejado por ela. A poltrona estofada em tecido florido, combinando com a colcha, com as cortinas listradas. Por um instante nada pareceu tão terrível. Ele sobreviveria. Ela não.

– Você vai se destruir.

Ela concordou com a cabeça, muito séria. Nunca parecera tão triste. Ele reformulou:

– Ele vai te destruir.

– Não. Eu. Eu é que vou me destruir.

– Por que você vai com ele, Lenora?

– É meu destino.

Riso seco dele. E ela, num tom de finalização:

– Meu destino, já disse.

Desembrulhou-se da toalha, enxugou melhor pequenos trechos ocultos de pele clarinha. Pegou em cima da cama um vestido de alças finas; poderia ser uma camisola, era um vestido. Quase transparente. Florido como o quarto. Ergueu os braços e deixou que a roupa escorregasse pelos braços, pelos ombros. A essa dança erótica chamava "vestir-se". Ergueu a saia para vestir – dançar – uma calcinha minúscula, de renda cor-da-pele.

A rotação minimalista do quadril ao se ajustar à peça de roupa.

Ele voltou o rosto para a parede, um homem discreto evitando possuir com o olhar a mulher que não era mais sua. A mulher de outro homem.

Lenora entrou de novo no banheiro, trancou a porta. A chave, tlec. Nunca trancavam o banheiro, antes.

Nunca.

Ele ouviu o secador de cabelos. Sentou-se na poltrona, que ficava no canto mais escuro do quarto, ao lado da parede onde a luz que passava pela veneziana das portas abertas da varanda desenhava uma sombra retangular, listrada. A poltrona onde gostava de sentá-la quando saía perfumada e morna do banho; diante da qual ajoelhava-se para soprar os pelos amaciados. Soprava-os: vento sobre o trigal. Riam.

A poltrona que ela escolhera deliberadamente florida para disfarçar as manchas que o sêmen viria a desenhar. Novas flores alterando a estampa, dia a dia.

A rosa que ela ocultava sob o trigal. Aquela pétala. O gosto da rosa.

As palavras sem significado que ela murmurava enquanto segurava com as duas mãos a cabeça dele, invocações blasfemas numa língua bárbara. Quando lhe perguntara uma vez o que dizia, ela nem sabia que dissera algo. Um dia gravou a voz delicada soando gutural, pronunciando obscenidades incompreensíveis. Ela riu: eu digo isso? Sempre, ele respondeu, rindo também.

Sempre? Que coisa, olha só o que você faz comigo, cara, ela brincou.

Nunca mais uma mulher assim.

Do que ele se lembraria melhor? O olhar, o toque, o riso? É isto o amor, então? O corpo, só? O riso raro.

O resto do quarto, todo ensolarado.

Pegou uma revista em cima do tampo de vidro da mesa redonda, ao lado da poltrona. Sobre a mesa, em muitos porta-retratos, fotos deles: esquiando em Vail, nadando em Bali, cavalgando na fazenda.

Vontade de encostar no vidro o rosto quente. Baixou a cabeça, olhou-se no reflexo quase imperceptível. Apoiou a testa na superfície.

Frio.

Ela voltou do banheiro, cabelo curtinho esvoaçando elétrico em torno da cabeça. Tão limpo. Ainda o cheiro de maçã. Enrolou o fio frouxamente em torno do secador que guardou em um envelope de flanela e acomodou num canto da mala, com delicadeza. Passou ao cerimonial de ajustar as roupas dentro do paralelepípedo interno das malas, de forma geométrica, em semissimetria, um mosaico de retângulos de tecido colorido. Quebra-cabeça. Como sempre fizera em outras viagens, as que os levaram juntos aos lugares com os quais sonhavam. Agora sonharia sem ele.

Carlos olhou para as gotas de mel nos ombros dela, as sardas marrom-claro, quase douradas. Quis tocá-las com a língua, pareciam caramelo. Disse:

– Ele tem a idade que nosso filho teria hoje.

Ela ergueu a cabeça e olhou dentro dos olhos dele sem no entanto endireitar o corpo que estava curvado sobre a mala. O olhar subitamente muito antigo, a dor de mais de duas décadas reverberando nos olhos salpicados de dourado.

– Eu sei. E você sabe que sei.

A dor nunca desaparecera por completo, mesmo quando, depois de alguns anos, o quarto foi por fim desmanchado, os brinquedos doados.

– Mas não pense que há nada de... Não há nenhum sinal subliminar de incesto nisto. Max não é meu filho, eu não sou mãe dele.

Silêncio longo durante o qual ela inesperadamente atirou longe uma blusinha que ia colocar na mala, dentes trincados de tensão; escondeu o rosto entre os dedos e depois de alguns segundos durante os quais ele não ousou mover-se foi para a varanda onde, com as duas mãos apoiadas na balaustrada, ficou olhando para o jardim lá embaixo, com intensa concentração, como se tentasse distinguir as células de cada folha. Ele a seguiu.

– Lenora, escuta... Não quero ser grosseiro, mas...

Esperou que ela dissesse algo, não disse, ele continuou:

– Logo você vai estar velha demais para ele.

Ela se voltou devagar e tinha um sorriso leve brincando no lábio superior, o inferior sério ainda.

– Agora mesmo, hoje, eu já estou velha demais para ele, Carlos. Só ele não sabe disso.

– Mas logo vai saber.

– Claro.

– Não daqui a dois anos, três. Daqui a poucos meses. Vai te ver com olhos realistas.

– Vai.

– Vai te ver como você de fato é.

– E como sou? Algo tão mau que eu deveria ter medo de ser vista assim?

– Não, Lê, você é maravilhosa. Mas para mim, que tenho a mesma idade que você. Para nossa família, nossos amigos, que conhecem você há anos. Não para um menino que poderia ser seu filho. E que você acabou de conhecer.

Silêncio enquanto ela volta ao banheiro, com a frasqueira na mão. Ele escuta o som das portas espelhadas do armário sendo abertas e fechadas. Os sinais da presença dela sendo removidos. Ela põe a cabeça para fora da porta do banheiro, olha incisiva para ele:

– Olha, não há nada que você possa me dizer que eu não saiba. Sei que ele vai se cansar de mim. Sei que assim que eu entrar nesse avião não há retorno possível, você não vai me querer de volta, nem arrependida nem triunfante.

– E o que você imagina que vai acontecer? Como vai ser a sua vida lá?

– Ah, isso não sei. Nem você sabe. Nem ele, embora pense que sabe. Mas eu imagino. Depois de meses de alegria, ele vai me olhar um dia e ver algo que não via antes. Uma estranha com bolsas sob os olhos. Vai perguntar a si mesmo por que me desejou tanto.

Ela parou, inclinou a cabeça, graciosa, o longo pescoço dando-lhe aquele ar de cisne, bailarina.

– E aí? O que você acha que vai acontecer?

— Um dia ele vai voltar para casa tarde, de madrugada. Vou estar acordada, esperando, pensando o que terá acontecido com ele. Imaginando acidentes, perigos. Louca de saudade depois de um dia inteiro longe dele. E nada terá acontecido. Apenas ficou com amigos, jovens como ele. Me dirá que fui tola em me preocupar. Depois, em outras noites, ele não vai voltar. Vou esperar por ele até cair de sono, cansada da espera. Vou me arrepender de ter saído do Brasil. Vou sofrer muito.

Carlos tentou queimá-la com os olhos. E ela, corrigindo-se:

— Não: vou sofrer um pouco. Não muito. Porque sei que não tenho opção. Sei que não há como fugir do meu destino.

— E você quer viver assim? É isso o que você quer?

— Um dia ele vai trazer uma mulher para casa. Vou fazer o jantar para eles. Usar na mesa o que houver de mais bonito naquela casa, você já viu as fotos?, a toalha mais delicada, as taças mais cristalinas, a porcelana mais rara. Os objetos que nunca terei amado como sendo meus. Nessa noite, depois do jantar, vou sair andando pela areia. E nunca mais vou voltar para a casa dele.

— E se você sabe que vai ser assim... por que vai, então?

Ela escorregou o olhar pelas paredes do quarto, pelos quadros. Deixando um rastro dourado em tudo, como as marcas do trajeto de um caracol cintilante.

— Fala, Lenora.

— De certa forma, é como se tudo já tivesse acontecido. Como se eu já tivesse passado por tudo, o delírio, a alegria, o fim.

Silêncio.

Se suspirassem preencheriam o silêncio. Ele ainda tentou:

— Você nem fala a língua deles.

— É uma língua difícil. Talvez algum dia eu fale bem.

— E do que vai viver, se tiver que ficar sozinha? Aqui você tem seu trabalho, sua vida toda.

— De que vivem as estrangeiras que moram nas nossas praias? Em Florianópolis, em Búzios, em Maceió? Vou ser como elas. Sempre penso nisso. Sempre olhei para elas como um retrato de mim. O meu futuro. Você não sabia disso, sabia?

— Quer viver assim? Como elas? Perambulando pela areia, mal falando a língua?

— Perambulando... que palavra estranha. Não seja dramático, Carlos.

— Vagabundeando.

— Que seja. E falando comigo mesma, em português.

— É isso que você quer?

— Não é o que quero. É do que não posso fugir. Só isso.

Riu cascateante e de repente era a mulher dele, com o riso que iluminava o mundo quando vinha. (O riso raro.)

— Vou ser a louca da praia. Catando na areia os restos que os turistas deixam. E talvez te chame, de lá, do outro lado do mundo. Nas pontas dos pés, olhando para o mar, talvez eu grite seu nome em direção ao Brasil.

— Lenora, pelo amor de Deus.

— Me deixa. Não vê que não estou feliz?

Ele abanou a cabeça, inconformado. Ela continuou:

— Mas, enquanto Max me quiser, vou fazer com que ele seja feliz. Como nunca foi até hoje e nem será depois. Ele precisa de mim.

— E eu?

— Você... você vai ser amado de novo, eu sei. E vai amar.

— Você se importa mais com ele do que comigo.

— Mas, Carlos... comigo você também foi, às vezes, infeliz.

— Infeliz, não. Algumas vezes brigamos, e de vez em quando posso ter ficado triste ou zangado. Mas felicidade é outra coisa, felicidade não é alegria eterna. Com todas as coisas por que passamos, sempre fomos felizes, sim.

De repente ela franziu as sobrancelhas, emburrada. Fechou a primeira mala, a menor. Tentou fechar a outra, não conseguiu. Estava cheia demais. Ele a afastou com delicadeza, segurando-a pelos ombros.

– Eu fecho para você.

Pensou em alterar a pressão das mãos nos ombros dela, jogá-la com violência no chão, de joelhos, forçar-lhe o rosto contra o tapete, levantar o vestido florido até a cintura, prender-lhe as pernas com aquele pedacinho de renda cor da pele, cerceando-lhe assim os movimentos. A peça de roupa que ela vestira há pouco de forma quase automática, sem pensar que poderia servir para tolher-lhe os movimentos, se convenientemente posicionada. Quieta, potrancazinha, ele diria. Um joelho de cada lado dos joelhos dela, até que os corcoveios se tornassem ritmados e os gemidos se transformassem naquelas palavras profanas em língua desconhecida, quando então ele poderia soltar o rosto dela sabendo que continuaria com os quadris no alto, coordenados aos movimentos dele no entendimento aperfeiçoado em muitos anos de brincadeiras e fantasias. Em certo momento cairiam exaustos sobre o tapete, ela se voltaria, como sempre se voltava depois desses jogos e, abraçados, talvez se amassem de novo, lentamente. E depois quase dormiriam, ela doce acariciando as costas dele, os ombros. Já teria perdido o avião; o outro homem, o menino, teria talvez embarcado sozinho para as praias do outro lado do planeta de onde nunca deveria ter vindo.

Iria embora.

Decepcionado por ela não ter aparecido? Ou vagamente aliviado.

Recusava-se a imaginar o outro angustiado, esperando por Lenora, olhando o relógio, gritando com os funcionários da empresa de aviação, implorando que esperassem, desistindo de ir sem ela.

Não: angustiado estava ele. O outro era tão jovem, esqueceria logo. Tinha certeza disso.

Mas controlou o impulso de dominá-la. Em vez de jogá-la ao chão, cerrou as mãos com carinho nos ombros sarapintados, beijou-lhe de leve a nuca.

– Deixa, eu fecho a mala para você.

Ela cruzou os braços no peito, cobrindo com as mãos pequenas os dedos dele nos seus ombros. Fechou os olhos. Pensou que se naquele momento ele a atirasse de quatro sobre o tapete, como fazia nas brincadeiras mais insensatas, se dominador lhe pressionasse o rosto contra o solo, dando-lhe ordens naquela voz calma e autoritária, se lhe dissesse: "quieta, potrancazinha", ela desistiria de ir embora.

Mas não. Ele simplesmente beijou-lhe a nuca e fechou o zíper da mala, forçando para dentro algumas peças coloridas.

"Quieta, potrancazinha", ficou flutuando no espaço como o som dos desenhos animados, uma linha de fumaça ondulando no ar. Fantasma de fala.

Ela se lembrou da primeira vez em que ouvira a voz de Carlos, num jogo de vôlei na praia. A voz máscula e grave às suas costas lhe provocara um arrepio no ventre. Tinha dezesseis anos, a idade em que se diz que os hormônios desencadeiam arrepios. Ou agora é que alucinavam no seu corpo? Naquele dia, na praia, ele, Carlos, tinha vinte anos. Pouco menos que a idade de Max hoje.

E então, pensando em Max, ela sentiu o mesmo choque elétrico – meio palmo abaixo do umbigo – que sentira ao ouvi-lo em algum lugar do aeroporto aonde fora levar uma prima que ia embarcar para a Holanda. Ouvira a voz sem ver o dono da voz e passara o resto do tempo escrutinando os rostos na multidão aglomerada nas filas de *check-in*, tentando descobrir quem falava de forma tão suave aquela língua estranha. Ao cruzar os olhos com os dele, teve certeza de que a voz pertencia àquele jovem alto de cabeça raspada e roupa escura. Entreabriu os lábios, presa aos olhos dele. Ele também a olhava como se não pudesse desviar os olhos nunca mais. Desistiu de embarcar de volta para seu país. Mal falava o português, mas não precisavam de palavras. Para o pouco que era imprescindível dizer, as outras línguas, as que ambos conheciam, bastavam.

E Lenora descobriu que o que falava nos momentos de delírio eram palavras soltas, na língua dele. Ele lhe traduzia em inglês o que dizia, e ela cobria o rosto, incrédula.

Depois disso o afastamento imediato de todos os amigos, do marido, de si mesma. Agora ela era uma mulher desconhecida que não se pertencia mais.

Batidas na porta do quarto:

– Dona Eleonora, o táxi chegou.

– Pede para esperar um pouco, Nana.

Era isso. Fim.

– Táxi? Esse menino nem teve a gentileza de vir buscar você?

– Achei melhor. Não quis que ele viesse até aqui. Pedi para não vir.

– Eu levo você ao aeroporto, então. Dispense o táxi.

– Não quero. O que vocês vão dizer um para o outro?

– Não vou entrar, só deixar você na área de embarque.

– Não, Carlos. Por favor. Vamos nos despedir aqui.

Beijou o rosto dele, que a afastou dizendo:

– Pelo menos levo suas malas até o portão.

Ela concordou, pela simples impossibilidade de levar sozinha as duas malas e ainda a bolsa e a frasqueira. Nana voltou para dentro de casa, depois de pedir ao taxista que esperasse. Pegou o violão que fazia anos que a patroa não tocava, mas tinha dito que queria levar.

Enquanto o motorista guardava os volumes dentro do carro, Lenora, nas pontas dos pés, beijou de novo o rosto de Carlos. Ele enterrou as unhas nas palmas das mãos, braços lassos.

Não retribuiu o beijo, não a abraçou.

Ela entrou no táxi e fechou a porta, mas, antes que partisse, abriu-a de novo, voltou correndo para o portão, abraçou o marido num abraço muito apertado; ele, estático ainda com os braços ao longo do corpo, demorou a reagir, quando foi retribuir o abraço ela já se afastara.

O carro partiu rápido, mas as retinas dele registraram a partida como em câmera lenta.

No futuro, em muitos pesadelos dele e dela, por anos e anos, esse carro partiria muitas vezes, irremediavelmente.

Betty Vidigal
Poeta, roteirista, ficcionista. Autora de diversos livros, como *Posto de observação – contos para a happy-hour*, publicado no Brasil pela GRD e em Portugal pela Universitária Editora. Publica o site *Textos Apócrifos na Internet*. Presença em antologias no Brasil, em Portugal e nos Estados Unidos. Coeditora da revista *O Escritor*. Diretora da UBE desde 2001.

Mão espalmada

Caio Porfírio Carneiro

Ela morava em frente à minha casa. Sozinha. Pelo menos nunca vi ninguém entrando ou saindo de lá, a não ser ela.

Saía todos os dias, cedinho, pelas sete da manhã, sempre de sombrinha aberta, fosse dia bonito ou feio, chovesse ou fizesse sol.

Nem alta e nem baixa. Nem gorda e nem magra. Nem bonita e nem feia. Nem bem-vestida e nem malvestida. Mais nova do que velha. Idade indefinível.

Agora: risonha. Risonha para todos da rua. Um riso meio encolhido, nada expansivo, quase de timidez.

Mas com ninguém da rua conversava. Apenas sorria e cumprimentava, nas saídas pela manhã e nas voltas à tardinha. Sempre pontual nas idas e nas voltas.

Quando eu a via da janela, do outro lado da rua, saindo da sua casa de porta e janela, menos do que modesta, aguardava o seu cumprimento. E ele vinha. Sempre igual. Uma espécie de adeus, os dedos da mão abertos, jeito só dela. Nunca vi outro igual. Levantava o braço rapidamente, a mão espalmada, o sorriso recolhido, e lá se ia.

Nunca soube o seu nome e creio que na rua ninguém a conhecia de perto. Respondiam ao seu cumprimento automaticamente.

Na solidão da minha aposentadoria, sem ter o que fazer, pensei um dia seguir-lhe os passos, saber para onde se dirigia. Nos fins de semana ninguém a via, nem eu da minha janela. Entrava com sacolas, certamente de compras, e a sua porta e a sua janela não se abriam.

Na segunda-feira, os mesmos cumprimentos a todos, na saída, na chegada. Cumprimentava até os desconhecidos que passavam na rua.

A minha curiosidade foi crescendo. Qualquer dia iria segui-la, de longe, saber aonde ela ia. Coisa de velho que não tem melhor coisa a fazer.

Pois chegou o dia. Vesti o paletó de pouca serventia, fiquei de plantão à janela, depois do cumprimento, espalmando os dedos da mão, a sombrinha firme na outra. Nunca a vi de bolsa a tiracolo.

Disfarcei uns minutos, menos que isto, esperando apenas uma distância razoável.

Ela atravessou a rua para a calçada do meu lado e dobrou a esquina. Tranquei a casa e fui-lhe ao encalço. Ao chegar à esquina, vi-a caminhando, passos curtos, cumprimentando os que via.

Andou um, dois, três quarteirões. E eu no seu passo.

Foi quando se formou uma rápida confusão num bar, justamente quando ela passava, e homens, trocando palavrões, corriam e atiravam. Notei quando ela caiu, atingida por um disparo, que aquele bar era uma baderna dia e noite. A sombrinha voou-lhe da mão e eu, em pânico e acovardado, voltei quase correndo para casa.

O dia todo esperei, no rádio e na televisão, a notícia do crime, se é que ela morrera. Eu olhava seguidamente a rua e a tranquilidade dela era a mesma. Pensei em falar para os vizinhos, mas nem isso fiz. Fui à janela para esperar-lhe a volta. É claro que ela não voltou.

Certamente fora um crime banal de bala perdida, numa cidade de muitos crimes maiores. Tal prova é que só no terceiro dia li, num dos jornais, que uma mulher, não identificada, fora morta por um disparo, não se descobrira de quem.

Uma força maior leva-me todos os dias a esperar que ela saia de casa e me faça a saudação, com aquele riso tímido e a mão espalmada. Uma força maior leva-me a esperá-la à tardinha, e antes de entrar em casa e cumprimentar a todos da rua, que sempre respondem com indiferença, metidos que estão em suas vidas, cumprimentar-me também.

Nunca vi ninguém vir abrir a casa, que continua fechada. Nunca ouvi ninguém perguntar por ela.

Mas me vem, até em sonho, e me traz uma saudade imensa, aquele gesto de saudar-me, que nunca recebi de outra pessoa, o sorriso meio tímido e a mão espalmada na minha direção.

Os dedos daquela mão espalmada ficaram-me mais na lembrança, na saudade e até no coração, do que tudo o mais dela.

E a solidão deste velho aposentado se multiplicou terrivelmente.

Caio Porfírio Carneiro
Cearense de Fortaleza, contista, romancista, memorialista. Desde 1963 atua como secretário administrativo da UBE. Sua obra, traduzida para diversas línguas, recebeu o Jabuti da Câmara Brasileira do Livro, o prêmio Afonso Arinos da Academia Brasileira de Letras e foi premiada também pelo Pen Clube do Brasil. Colabora em várias revistas e suplementos literários.

Contos mínimos

Carlos Seabra

Todo o dia Vera assistia à novela. A cada capítulo se apaixonava mais pelo ator. Quando este se casou com a heroína, ela resolveu dar para o vizinho.

* * *

A caneta estava sem tinta, mas suas palavras ainda eram tantas! Teve que continuar em vermelho, com o que ainda tinha nas veias.

* * *

Seu pai fora bicheiro e jamais jogara. Ele era traficante e nunca cheirou. Como foi que justo sua mulher, aquela puta, tinha gozado com o cliente?

* * *

Foi assaltado na esquina. Ao esvaziar os bolsos, aquela fotografia caiu ao chão. O ladrão ao vê-la caiu em prantos.

* * *

As duas lágrimas, gêmeas de olhos diferentes, afinal juntaram-se no queixo, de onde saltaram para o abismo.

* * *

O tradutor deixou todos felizes. Mas, se soubesse traduzir ambos os idiomas, o mundo teria visto nascer mais uma guerra.

* * *

No túmulo do bígamo, as duas viúvas perguntavam-se quem seria aquela desconhecida que aparecera no enterro.

* * *

Abre a boca e olha o aviãozinho! Ele abriu e comeu tudo, mas alguns passageiros ainda ficaram presos em seus dentes.

* * *

O náufrago na ilha deserta agora só tinha os olhos no céu, onde as nuvens desenhavam tudo o que ele precisava.

* * *

Ajuda ele emprestava a juros. Amor só dava a prazo. Rancor era à vista. A gratidão só recebeu fiado.

* * *

Supremo requinte da crueldade, ela lambia os dedos depois de comer chocolate, saboreando o súbito silêncio dos colegas no escritório.

* * *

As roupas penduradas no varal ganharam vida durante a ventania. Pularam para o vizinho. Depois, extenuadas da aventura, descansaram caídas no quintal.

* * *

Ela se prostituía sempre na mesma esquina. Naquela noite só um dos seus sapatos estava lá.

* * *

As árvores passavam céleres pela janela do trem mas seu olhar nada via, parado onde embarcara.

* * *

Estava calada e seu olhar absorto nada dizia, mas na fumaça do cigarro desenhavam-se os seus pensamentos. Para que ninguém a decifrasse, parou de fumar.

* * *

Dom Quixote do asfalto ataca semáforos de vento para resgatar Dulcinéia do congestionamento.

* * *

Naquela biblioteca, um único livro jamais havia sido retirado. No dia que aquela criança o pegou, o bibliotecário dormiu seu último sono sorrindo.

* * *

Ele adorava funerais. Misturava-se aos presentes e abraçava-os chorando, como nunca pudera fazer com sua família.

* * *

As senhoras jogavam baralho com tanto entusiasmo que não perceberam quando o marido de uma delas se jogou pela janela do apartamento.

* * *

Suas colegas riam nervosas, os meninos engoliam em seco e ela ficava ruborizada. Só seus mamilos, bem duros, permaneciam imperturbáveis.

* * *

Na hora de assinar o contrato com a casa de espetáculos, o adestrador de pulgas foi muito reticente, recusando-se a colocar os pingos nos is.

* * *

O torturador não conseguia dormir com os gritos e gemidos de suas vítimas, dubladas pelos pernilongos invisíveis que habitavam sua noite.

* * *

O casal de viajantes do tempo brigou feio. Separaram-se. Ela foi para antes de ele nascer; ele para depois de ela morrer.

* * *

O jornal estampava na manchete como a economia ia bem. Debaixo dele, o mendigo que abrigava dormia, agora despreocupado.

* * *

O velho general, na cama, sonhava com todas as guerras que nunca travara mas para as quais toda a vida se preparara.

* * *

Ela andava tão preguiçosa que, naquele dia, quando o amante a convidou para sair, preferiu traí-lo com o próprio marido.

* * *

Perdeu o bigode numa aposta. Mais tarde foram-se o carro, a casa, a mulher e os filhos. Hoje é eunuco e parou de arriscar no jogo.

* * *

O diretor do manicômio proibiu os pacientes de verem os noticiários da televisão, pois eles já estavam começando a acreditar no que era transmitido.

***

A princesa beijava todos os sapos, esperando desencantar um príncipe. Mas seu pai, o rei, notório engolidor de sapos, não deixava escapar um.

***

O espetáculo acabou e desligaram as luzes do palco. Ele continuava lá, esperando os aplausos que nunca vieram.

Carlos Seabra
Editor multimídia, criador de jogos, consultor de tecnologia em educação e cultura, cineclubista, coordenador de projetos de cultura e inclusão digital. Diretor do Instituto de Pesquisas e Projetos Sociais e Tecnológicos, IPSO. Publicou o livro *Haicais e que tais* (Massao Ohno Editor, 2005). Também escreve e publica haicais e microcontos em seus blogs, entre outros sites na web. Ex-vice-presidente da UBE.

Ao acaso

Dirce Lorimier

Chegara do interior de Pernambuco há uma semana. Trazia sua mulher e cinco filhos, cujo mais velho brincava de retirante, com a trouxa nas costas, a rezar, a reclamar da vida. E só tinha cinco anos! Imitava o pai, que abandonara seu pedaço de chão na caatinga e viera para o interior de São Paulo. Para melhorar de vida.

* * *

Sete dias se passaram... à beira da estrada caminhava durante o dia, enquanto sua família o esperava em um canto qualquer, onde improvisaram um lar.

Ele interrompia sua caminhada para um corriqueiro almoço em estalagens de higiene duvidosa e perguntava a todos onde poderia conseguir uma colocação ou terras para cultivar. Até que aquela mulher aproximou anunciando que estava precisando de alguém para cuidar do seu roçado. Acabara de herdar uma chácara improdutiva e sua posição de mulher da cidade a impedia de interessar-se pela propriedade e firmaram acordo. Ele e a família foram para a chácara. No dia seguinte, uma caminhonete descarregava ali alguns utensílios agrícolas: pesticidas, arados, peças para o trator encostado no galpão, ferramentas, sementes, vitaminas, agrotóxicos...

Espantado e muito curioso, ele assistia a tudo. Jamais vira tamanha novidade: as sementes em saquinhos foram o que mais o impressionou. As crianças saltitavam entre os pesticidas, enquanto a mulher permanecia calada.

Confiante, a proprietária avisou que voltaria dali a alguns meses, para admirar a plantação florescendo. Depois partiu. Sem saber o que fazer, ele se sentiu acuado. Pela primeira vez tinha uma terra fértil para cultivar, mas nunca vira aquele maquinário, tantos pacotes coloridos, tantos nomes, palavras esquisitas, ele nem conseguia ler.

Contudo, temendo ser expulso, cair novamente na estrada... decidiu cuidar da terra ...e seja o que Deus quiser... Arou a terra, despejou as sementes, a variedade de pó, os líquidos todos e esperou... passou uma semana, choveu, mais quinze dias, e nada. Um mês. Pequenos ramos começaram a despontar e morreram. Deu uma coisa lá nele e decidiu fugir. Desculpou-se à sua maneira num pedaço de papel e arrancou sua família dali.

Dois meses depois, a proprietária encontrou sua chácara cultivada, verduras e legumes prontos para a colheita. Constatou que a casa estava vazia. Foi até a cozinha e encontrou preso a uma xícara suja um papel encardido e amassado, onde ainda se podia ler: **fo uqui-deu pafa**.

Dirce Lorimier

Professora universitária, crítica literária e ensaísta. Doutora em História da Cultura pela USP. Diretora da UBE e da APCA – Associação Paulista de Críticos de Arte. Membro do Centro de Estudos de Cultura Brasil-Europa. Autora de *A Literatura Infantil* e *A inquisição na América*. Coautora de *Manual de trabalho acadêmico*.

Ludeméa

Domício Coutinho

Uma dama de alta classe, no caráter, na pessoa, nas maneiras, no estilo. Distinta na criação que lhe deram de menina. Filha única de um general que foi glória na Guerra do Paraguai, único dali a voltar ileso, sem um arranhão que fosse no corpo todo, a não ser uma meia dúzia de calos de infeliz memória, que lhe deixaram as botas e as perneiras. Dedicado pai como nenhum à criação da filha única, cuja mãe se fora já nos primeiros dias depois da partida. Entanto, cedo se foi ele também, e Ludeméa de repente se encontrou sozinha, dona de sua vida.

Teve três filhos de três pais diferentes, sem se casar com nenhum. Uma menina que era a sua cara e seus jeitos, de um louro de mel, um menino preto retinto; a mais nova, uma moreninha dandoca, sapeca como ela só, um ai-jesus da mãe e dos vizinhos. Em dias alternados, os pais vinham visitar Ludeméa e abençoar os filhos, passavam a noite, se iam no outro dia. Na maior harmonia com ela, entre si e com as crianças, de quem eram pai, ou padrinho. Só que para as crianças não havia distinção nenhuma, amava-os do mesmo jeito, aos três chamavam pai, a nenhum, padrinho.

Desde pequenos tinham sido colegas de escola, competido com afinco e cortejado seus amores.

Era um sim, era um não, era um talvez; quem sabe, garantir não posso ainda, mas pode até ser, pode crer, pode crer. Até um dia cansados, vencidos, desistirem, desiludidos. Havendo embora tomado carreiras diferentes, moravam na mesma cidade, tornando-se um, prefeito, outro médico, outro, que nunca se graduou em nada, fez-se juiz ilustre, temido, cortejado, respeitado de toda gente. Suas decisões eram comentadas e referidas como modelo nas escolas de direito, nas teses doutorais, nas cortes, senão que também no tribunal supremo.

Entretanto, cedo morreu de uma doença maligna e esquisita, que desafiou a ciência daqueles dias, toda argúcia do compadre médico desde o primeiro ao último dia. Toda cidade morreu de dor, não menos que os dois compadres, não menos que a menina sapeca, não menos que Ludeméa, sozinha e triste duas noites e meia por semana, em que passava chorosa, abraçada com a filha.

Mas a situação não durou muito assim. Os dois compadres escanearam a mente, puseram juntos os sentimentos, e enfim concordaram em buscar um substituto para o coração de Ludeméa nos dias em que estava sozinha. Encontraram logo um candidato perfeito e foram consultar seu gosto e aprovação, com que logo concordou, achando uma solução feliz, providencial até. Era também ele um antigo colega de escola, pároco da cidade vizinha, que tinha fama de eloquente, além de virtuoso e dedicado ao rebanho simples e humilde. O padre Gorga, apesar de zarolho de um olho, era o mais bispável de todos os padres conhecidos.

Quando morria um bispo em qualquer parte, os jornais locais se precipitavam em apontá-lo como substituto, adequado, necessário e absoluto, insubstituível, intimando o núncio, dando a coisa como um *fait accompli*. O que não deixava de azedar a cúria, não menos que aos demais pretendentes e aspirantes a príncipe da Igreja e ao sacerdócio pleno.

Apesar do choque, dos mumúrios, dos protestos, acusações de toda parte, intimação veemente que veio da cúria, a coisa foi sendo camufladamente aceita, caminhando até bem. Tanto assim que o costume ia pegando. Em várias partes formavam-se grupos de compadres e pais-padrinhos, uns mais velados, outros, ao claro, reconhecidos. Nem assim tão mal, nem assim tão bem, assim embora, a coisa foi levando, aceita com clemência e compreensão, até com certa reverência, ou então, protestada com escárnio, abertamente declarada como um sinal dos tempos, uma aberração da gente que perdera a vergonha.

Seja como for, a população já se habituava à ideia, até aquele dia pelo menos, quando Ludeméa deu à luz um menino zarolho. E ela não falava, nada dizia sobre a anomalia, o grande escândalo causado entre os compadres mais que às outras gentes. O padre jurando e protestando que nada tinha a ver com o que acontecera. Jurou até, benzendo-se, com o crucifixo na mão.

Ludeméa estranhamente silenciosa, não soltou um pio, como se tivesse medo de abrir a boca e revelar quem era o pai do menino. As teorias proliferavam sobre como a coisa tinha acontecido.

Eu bem sabia, eu bem sabia, eu bem dizia, desde o começo estava na cara que era aquilo.

Muitos de longe tinham acompanhado o padre quando entrava e saía. Quando falavam os dois a sós e conversavam na maior folia. A janela aberta ao clarão da lua. Quem passasse, vendo. De binóculos assestados, escondidos, sem perder um gesto, um indício, um movimento de quem não quer mas querendo. Quando a luz se apagava em alta noite, as sombras de mansinho andando dentro de casa. Paravam e iam. De um quarto a outro. Entravam e não saíam até de manhãzinha. Uma sem-vergonhice. O tumulto crescia. Toda a cidade se levantando em protesto veemente e vivo. O padre, acusado e condenado à prisão, foi castrado na mesma noite, a coisa atirada aos porcos, e ele enterrado vivo.

Ao amanhecer do dia, em sua cova estava um bêbado, chorando e se maldizendo. De fazer pena. De doer o coração. Ninguém ali o conhecia nem nunca tinha visto. Até que o bêbado abriu o olho e falou. Era um irmão do padre, os dois nunca mais se tinham visto, desde que menino ainda fugira de casa aos berros pelo meio da rua, por causa de uma pisa que levara por ter roubado mangas do vizinho. Foram contar a Ludeméa que negou tudo. Protestou irada, as mãos levantadas, o peito arfando, contra aquele falso, aquela injúria. Ela... nunca... nunca na vida... Ela... pelo amor de Deus... dos santos... da Virgem. Olhassem bem. O desconhecido irmão do padre era zarolho, sim, mas do olho esquerdo. E o padre, numa tradição que vinha de não-sei-quando, era zarolho só do lado direito. Todo mundo sabia. Todo mundo sabia disso.

Mas... só então caiu em si, apercebida de que o menino era um zarolho perfeito, de um lado a outro.

Domício Coutinho
Vive em Nova York, onde fundou e preside a UBE-NY e a BEA (The Brazilian Endowment For The Arts). É doutor em literatura e bacharel em línguas anglo-germânicas e em Teologia. Autor do livro de poemas *Salomônicas* e do romance *Duke, o cachorro padre*, traduzido para o inglês e para o espanhol. Membro do Pen Club Internacional. É comendador da Ordem de Rio Branco.

Festa do Poço

Fábio Lucas

Morto de saudade eu voltava a Transvalina. Vestia a minha farda colegial. Naquele tempo tudo guardava o aspecto militar. Fui logo envolvido pelos amigos. Dagoberto, primo, atualizou-me. Todos, das 19 às 20 horas, iam para a frente do rádio Philips e se hipnotizavam pela novela empolgante. Todos recitavam os mesmos bordões, senti-me perdido. Zé do Padre tinha morrido. A mais bela moça, Cilene, tinha sido engravidada pelo Bafo, filho de Arildo. Amedrontado, Bafo pôs os pés no mundo.

Ao papo de Dagoberto se juntara o de Jader. Tentara estudar em Pará-de-Minas, mas desistira. Não nascera para aquilo, muito menos para viver quieto numa prisão. Olhou-me com desprezo. Quero ver daqui dez anos qual dos dois estará melhor, estipulou minha irmã mais velha, Helga. Risadas.

Passou por nós Gumercindo, a reunir voluntários para o Poço. Centro recreativo aonde íamos nadar, fugindo do calor excessivo. O Poço era a maior universidade de patifarias. Lá se aprendiam xingamentos gerais e, quando era o caso, ofensas morais ligadas à sexualidade. Os corredores encoxavam os efeminados, verdadeiros ou putativos. Liderando a tropa dos machos, Geraldo da Zezé Cunha. Temido.

As famílias proibiam-nos de frequentar o Poço, lugar de perdição. Gente educada devia evitar aquele antro. Dagoberto e Jader não disponíveis, aceitei a companhia de Zaquete, simplório, meio zero à esquerda. Ninguém se melindrava com ele. Concordante.

Manhã seguinte, pela primeira vez eu envergava o meu esleque, novidade por ali. Camisa comprida, folgada, fora das calças, a cobrir o corpo até metade das coxas. Calça cáqui. Por baixo, cuecas, peça do enxoval do internato. Todo pronto para a festa do Poço como diziam.

Geraldo olhou-me de esguelha, beiço de baixo afrouxado, tipo capanga vazia. Na comissura dos lábios, risinho debochado.

Veio de cuecas, criança? Isso é para gente grande. Não gosto dessas frescuras. Esse balandrau desconjuntado... E olhando para o grupo: o veado tem cada uma! Espera aí, seu merda de estudante, disse-me fixando diretamente, em tom acelerado: se vier com essa droga outra vez nós vamos te esfolar, e você terá de dar pra todos, tá bom?

Não respondi. Queria sossego. Incomodava ser humilhado ali na frente do Zaquete. No Poço era assim, todo mundo nu, a mergulhar a partir do galho dobrado até à margem. Mais para o centro, a correnteza. Fui devagar. Geraldo passou encostando a mão na minha bunda. Virei-lhe um soco no ombro.

Ei gente, o veadinho quer brigar. Vamos esfolar? E caminhou para mim e passou a mão no meu rosto: tão bonitinho! O gesto acordou coragem nos outros. Mitigal veio para perto e puxou meus cabelos. João Restolho me empurrou n'água. Debati-me quanto pude, voltei à margem e me deparei com Geraldo em atitude de luta. Zaquete acudiu em tom conciliador: deixa disso, Geraldo. Deixe o menino brincar! Só se for noutro poço, camarada. Aqui não entra veado, acrescentou com risos e aplausos da macacada. Veadagem é doença pegajosa.

Zaquete se aproximou de mim e murmurou: melhor a gente ir embora. A gente apanha gabiroba no caminho. Ou cagaitas. Quando fui pegar minhas roupas, Geraldo havia lançado as cuecas na correnteza. A frescura foi-se embora, malandro. E arrematou com raiva: cagão!

Retirei-me sem glória. Matutava coisas. Levei o dia nos dissabores. Apanhei laranjas, o canivete estava cego. Precisava amolá-lo melhor. Onde haveria um esmeril ou uma pedra de amolar? Jader, que se agrupara agora, me indicou a pedra lisa no quintal de seu avô. Quedei-me ali afiando a lâmina.

O dia acabou sem esplendores. Menos a notícia geral de que Diva, a filha do deputado, tinha chegado. Era jeitosa, magra e bela. Eu a achava bela demais, rica demais e simples demais para todo mundo. Figura nova na praça. Não consegui impor-me a ela, que já conhecia cada um pelo nome. Senti-me tímido e apavorado. O rosto de lua cheia me seduzia. Aumentava o sorriso magnífico. Mas foram logo me enquadrando no real: veio morar aqui, namora o Lúcio, aquele grandão, filho do fazendeiro Melico. Tá bom, eu disse sem interesse no assunto.

Rumei para casa. Mordia-me a cena do Poço. Aquilo me queimava por dentro. Preciso voltar lá, pensei.

No dia seguinte, quis arrebanhar Dagô, Jader e Zaquete, assim formaríamos um grupo. Se desse confusão, eu teria aliados. Mas qual! Sobrou de novo Zaquete, mas este, no meio do caminho, quis escapar do Poço. Trazia um embornal nas mãos. Dizem que, depois da cerca, tá assim – e sacudia as mãos e a sacola – tá assim de jambos e cagaitas. Acabei por aderir a seu chamado. Juntamos um monte de frutas várias e fomos para a praia do Poço.

Não passou muito tempo, lá vinha o grupo do Geraldo com algazarras. Olhem lá, minha gente, o veadinho voltou!

Num repente, Nico Zarolho abraçou algumas de minhas frutas e foi jogando ao grupo. Laerte? Toma! E Laerte, em pose de goleiro, catava o jambo no ar. Gurmercindo? Lá se foi a cagaita. Juquita? Outra fruta. Tudo ritmado com gritos, vivas, aplausos. Geraldo, frio, se aproximou: neguinho, posso? E chutou o resto de meus pertences. Posso? E vibrando os músculos do braço: vai uma briguinha? E me mostrando uma goiaba, já nas suas mãos: venha cear conosco, branquelo! Espere aí, eu disse, acariciando de leve a lâmina do canivete aberto no meu bolso. Momentinho, só, companheiro, eu disse. Vem, seu fedorento, me replicou. Vem. Eu, aos poucos, estudando, de olhos no chão, como é meu costume de andar: essa goiaba acho que você tem que me devolver... Ele sorria e virando-se aos outros: a cabritinha vem pegar grelinho na mão, minha gente. É cabritinha ensinada.

Eu me movia em câmera lenta. Zaquete sumira, creio que de medo. Ou para chamar os nossos companheiros. Vem pastar, cabritinha! Um momento, propus. Acheguei-me rente a ele e num toque veloz, de primeira, ligeiro e forte, enterrei-lhe o canivete na barriga. E puxei a lâmina para cima. Silêncio absoluto dos viventes. Esta é para a sobremesa, seu filho-da-puta. E voltei a mover a lâmina.

Fábio Lucas
Mineiro de Esmeraldas, crítico, ensaísta, tradutor e ficcionista, autor de mais de cinquenta obras. Professor de Literatura em universidades brasileiras, estadunidenses e portuguesa. Foi presidente da UBE e preside o Conselho Editorial da revista *O Escritor*. Membro do Pen Clube e das academias de letras de Minas Gerais e de São Paulo. Recebeu os prêmios Jabuti, Juca Pato e Conrado Wessel.

Qual é mesmo o caminho de Swann?

Jeanette Rozsas

A mão quase alcançava o pacote de macarrão (do tipo gravatinha – o preferido do Carlinhos), quando o gesto ficou em suspenso. A frase! Uma imagem que acabava de brotar e que tinha tudo para virar poesia. Como uma borboleta rara que voa, arisca: há um momento único de persegui-la e capturá-la na rede das ideias. Depois disso, nunca mais; pelo menos, não aquela. A frase soava tão forte que ela se alheou de tudo, do pacote de macarrão, da lista de compras, do carrinho quase transbordando, das pessoas que pediam licença, irritadas com aquela mulher parada no meio do corredor, atrapalhando a passagem. A frase insistia, martelava, numa revelação intensa, única, lírica, um clarão repentino vindo das profundezas de sua imaginação.

Levou seguramente um minuto, um longo minuto de total imobilidade até voltar a si e à lista: macarrão, sabão em pó, leite desnatado para a Clarinha, leite integral para o Carlinhos, leite de soja para o André, não sei como alguém consegue tomar leite de soja, ela pensou, enquanto finalmente pegava o pacote de macarrão e o equilibrava sobre as outras compras.

Foi andando pelos corredores, alcançando, aqui e ali, os itens que não podiam faltar em sua casa. Refrigerante, cerveja, água, e depois de conseguir ajeitar as embalagens no carrinho, partiu em busca da carne, a fila mais longa do que o habitual por causa das ofertas. E eu que queria um lugar só meu para escrever, ela pensou, lembrando de Virginia Woolf. Fazer supermercado a cada quinze dias e todo o resto. Onde e quando escrever, se não há lugar especial, se tenho de estar em tantos ao mesmo tempo? Finalmente, a sua vez. Um quilo de patinho moído, por favor, dois de alcatra em pedaço. Peito de frango – tem já cortado em filé? Sem osso. Isso mesmo, um lugar ao sol, Hemingway, aquele fez o que quis na vida e qual foi o resultado? Um tiro nos miolos. Não, desculpe, não quero miolos, ninguém gosta em casa. Chega de carne, e ela seguiu adiante, comprou sal e se lembrou do Sal da terra, do Caio Porfírio Carneiro, belo romance, e eu querendo escrever meus contos, como se fosse fácil, todo o mundo pensa que é tarefa simples, ela pensou, pão italiano, pão integral, *light* para a Clarinha, bisnagas de leite para o Carlinhos, pão sírio, oh gente pra gostar de pão, *croissant,* brioches, Maria Antonieta mandou comerem brioches e o que lhe aconteceu? Cortaram-lhe a cabeça, Mr. Guillotin, biscoitos. E as *madeleines* de Proust?, ela pensou, para tomar com chá e retraçar o passado em filigranas preciosas; preto, de flores, cítrico, mate, eu gosto do de hortelã. Chá e simpatia, ousado para a época. Prosseguiu, sempre equilibrando as compras no carrinho superlotado, queijo branco, amarelo, suíço, esburacado como o Iraque depois da guerra, crianças órfãs cheirando cola, ela pensou, enquanto eu aqui encho o carrinho, mas não adianta fazer um *mea culpa* porque por mim não haveria guerra, nem aquela nem outra qualquer. Mesmo porque, ela pensou, se dependesse de mim os líderes mundiais seriam mulheres e mulher não manda filho para morrer na guerra em nome de religião, de ideologia, de poços de petróleo, do que quer que seja, porque para uma mulher, ela pensou, não há bem maior do que um filho, pode ser muçulmana, judia, cristã, xiita, branca, amarela, negra, antes de qualquer coisa quer o bem-estar dos filhos. Papel alumínio, papel higiênico, desodorante de ambientes. Qual? O de pinho, tem um cheiro suave, como suave é a noite que já deve estar lá fora, enquanto eu, na artificialidade dessa luz, procuro o desinfetante cujo aroma seja do agrado de todos em casa, ela pensou, limpa-vidro, lustra-móveis, oh lista que não acaba mais, ração para o cachorro, já deve estar acabando, tudo acaba tão depressa e mesmo assim falta tempo para dar banho no cachorro, para escrever, ela pensou, não falo do tempo cronológico mas do tempo interior, dividir o dia em tantas partes quantas sejam necessárias para cuidar de tudo e além disso escrever pelo menos meia hora por dia, não é muito mas melhor que nada, ela pensou, não consigo dar conta de ler, escrever, ouvir música, ver um filme, fazer algum exercício, ela pensou, não dá, meu tempo não deixa, O tempo e o vento, Ana Terra, Bibiana, Rodrigo Cambará, li quando era menina ainda, gostaria de reler mas não há mais tempo, agora sim o cronológico, porque há muita coisa a ser lida, não só os novos, mas os clássicos e os trágicos, se fosse reler, nem com três eternidades, como disse Borges. Ou fui eu quem disse?, ela pensou. Biscoito de chocolate, de morango, rosquinha de leite, só os russos por exemplo? Queria reler Tolstoi, Gorki, Tchecov, Gogol, Pushkin, Dostoievski, sem achar que estou cometendo um crime lesa-família, a merecer castigo pelo tempo surrupiado aos meus. E Shakespeare, de ponta a ponta. Alguém me perguntou o que eu levaria para ler numa ilha deserta se pudesse escolher só três livros. Difícil escolha. Conrad? Kafka? Faulkner? Pano de chão, pano para enxugar louça. Flores. Nossa, como estão caras, Mrs. Dalloway!, e não vou dar nenhuma festa hoje à noite, ela pensou, pobre e maravilhosa Virginia, acabou se afogando no lago. Pedras. No bolso; no caminho. Xampu, cabelos lisos, crespos, ah, esse aqui deve ser bom, preciso ter um de reserva senão a Clarinha pega, quando dou pela coisa, estou debaixo do chuveiro, a cabeça molhada e nem um pingo de xampu, isso me deixa louca, ela pensou. Horla, Maupassant escreveu o conto genial, a apavorante progressão da loucura, ele conseguiu descrever o mal que acabou por dominá-lo. Escovas de dente, cada um gosta de uma cor, verde Carlinhos, azul André, rosa Clarinha, não tem, então branca. A Cor Púrpura, tão triste, pra mim, qualquer uma, ela pensou, essa aqui serve, amarela, diferente das outras. Nora, será que sou Nora? Não, não é meu caso, se bem que em toda mulher há um pouco de Nora. E de Clarissa Dalloway. E da Bovary. E também da Chatterley e da Ana Karenina, pelo menos em imaginação. Algumas têm a ver com a Merteuil e com Medeia. Sem falar na Velha Senhora, uma Cinderela trágica e vingativa, por isso mesmo tão pungentemente humana. Quantas não existirão? A lista quase no final: fósforos, lâmpadas de 100 e de 60 watts. Ai, meu Deus, ia me esquecendo dos ovos de páscoa: professores, empregada, faxineira; qual o nome do conto do Cortázar no qual o homem vomita coelhinhos aos montes?

De repente, ela como que calou qualquer outro pensamento para se dizer com uma certa angústia – não, com uma imensa angústia, que precisava encontrar um lugar para escrever. Nem que seja no banheiro, ela pensou, mas aí o Toby fica raspando a porta até que eu abra, cachorro me emociona tanto, a Baleia, coitadinha, aquele livro Desonra, do Coetzee, quando matam os cachorros é terrível, terrível, mais do que o estupro. Cidade dos cachorros, o Llosa escreve quatro horas por dia todos os dias, esteja onde estiver, e eu aqui, um quilo de batatas, legumes para a salada, tomate para molho. Acabou! Agora, ela pensou, só falta enfrentar a fila do caixa, empacotar tudo, levar para o carro, arrumar no porta-malas. Dulcinéa, Desdêmona, Chimène, Julieta, Isolda, alguma de vocês foi dona-de-casa?, ela pensou, enquanto, já dentro do carro, lembrava que ao chegar em casa teria de descarregar, pôr no elevador aquele monte de coisas, desempacotar, lavar, congelar, guardar, arrumar.

E a frase? Como era mesmo a frase? Alguma coisa sobre caminho, qual o caminho? Quando deu por si, estava no caminho errado, então corrigiu o rumo e voltou a pensar na frase. Não se lembrava com precisão, mas a ideia mantinha-se intacta. As palavras, talvez um tanto diferentes, brilhavam iluminadas, repetiam-se no fundo da memória, propagavam-se em círculos, alargavam-se. Era o início de um conto, de um poema, de um romance. Ela podia sentir na pele; arrepiava-se.

Ao chegar em casa, fez tudo o mais rápido possível para, enquanto o marido via televisão na sala, poder aproveitar a solidão abençoada do quarto e deixar fluir aquela ideia exigente, que não lhe daria paz enquanto não fosse transferida para o papel.

Já estava com as compras quase todas no lugar, quando:
– Mãe?
O Carlinhos!
– Vem me ajudar a fazer a lição, que eu não estou conseguindo!
A princípio ficou nervosa, a irritação doendo nas têmporas. Uma borboleta presa numa redoma de vidro.
– Mãe?! – de novo o Carlinhos, exigente.
Ainda tentou pensar na frase. Não encontrou mais nada. O que parecera ser um momento de epifania, transformara-se apenas num fogo pálido, esvaziado de qualquer emoção.

O meu não é mesmo o caminho de Swann, ela pensou, nunca vou conseguir encontrá-lo.

Em seguida, respirou fundo e soltou o ar aos poucos, num longo suspiro conformado.
– Já vou, filho.

Jeanette Rozsas
Contista e romancista paulistana, autora de *Autobiografia de um crápula* e *Qual é mesmo o caminho de Swann?*. Em audiolivro: *As sete sombras do gato*. No prelo: *O jovem Kafka* e *Morrer em Praga*. Com trabalhos publicados nos periódicos brasileiros *Ficções*, *Bestiário*, *Literatura*, *Rascunho*, *O Escritor*, *Letra Viva* e no *Diário de Aveiro* (de Portugal). Diretora da UBE.

Vera

José Roberto Melhem

Aí está o corpo de Vera, o belo corpo de Vera sendo carregado por mãos tão grosseiras quanto inamistosas; o corpo bem feito de Vera sendo resgatado das águas rubras, retirado dessa banheira onde jazia e sendo logo coberto por um lençol para que sua esplêndida nudez se oculte para sempre, e assim ser posto em um carro estropiado, indigno da altivez aristocrática de Vera, que a conduza a um lugar onde vá enrijecer-se antes pelo frio que pelas contingências inevitáveis da morte; as lindas e delicadas mãos de Vera espalmadas, exibindo nos pulsos delgados as fendas que reclamam mostrar o que lhe passou e que, todavia, vão sendo atadas por tiras rústicas de gaze e os braços, pálida e docemente, se estiram junto às coxas macias de Vera. Vera, a mulher de sua vida. A mulher que você amou acima de tudo, de qualquer coisa, acima de si próprio e para quem nunca ousou – esta é a palavra, não? – dizer que a amava. Não assim, com todas as letras. Mas um dia casaram-se, ou seria melhor dizer, Vera casou-se com você. E você pensa que nunca se perguntou por que Vera está se casando comigo, que viu em mim para se casar comigo? Pensa, porque secretamente sim, sempre se perguntou, nunca porém o fez ao espelho, direta, frontalmente. Nunca. Tinha o que, medo da resposta? Você endeusava Vera, não que ela não merecesse. A verdade é que um dia

Vera quis, porque quis, unir-se a você e você nem mesmo se perguntou por que, tão deslumbrado estava. E, de repente, já não é mais esta noite. De repente, é aquela tarde de janeiro, o bar, a praça em frente. Ali está você, o seu olhar atravessa a vidraça do bar e se lança a esmo pela vastidão da paisagem. Nesse dia, talvez, você nem se dê conta do que lhe irá suceder, simplesmente olha a paisagem da cidade se transtornando, na iminência da intempérie. Uma intempérie que se atravessará de tal modo em seu caminho, que varejará o seu espírito com tal brutalidade que nem os ventos mais turbulentos, nem as borrascas mais avassaladoras, nem os raios e trovões mais abismantes poderiam conseguir, uma intempérie menos do tempo e mais da alma, a tormenta de todos os sentimentos que o varreram algum dia. A vidraça se embaçando do hálito morno que todos exalavam, naquele bar, àquela hora tardia, ali escondidos como bichos na toca, diante das incertezas da vida e do clima. Assim foi, assim é, ainda o vejo. E lá está você, o seu olhar vagando pela extensão da calçada, pela amplidão da praça, adivinhando os passos dos que se apressam para buscar abrigo, quando a primeira troada já soa, tenebrosa. Aquele bar era um refúgio seguro para a sua ânsia de solidão, apesar da familiaridade com que tantos o reconheciam e lhe acenavam polidamente a distância. Alguns eram rostos antigos, de identidade imprecisa, outros eram figuras que o conheciam do cotidiano mesmo daquele bar. Raras foram as ocasiões, porém, em que o abordaram e lhe tiraram o sossego, ali dentro. Isto, vá saber por que, era um mistério a mais e não lhe cumpria desvendá-lo, apenas usufruía desse fato. Já se interrogara a respeito, muitas vezes, e só se aventurava a especular sobre as possíveis razões que ditavam tal possibilidade de recolhimento em um lugar público como aquele quando rodeava o olhar pelo ambiente e reparava que, melhor percebidas, ali só vinham bater com os costados pessoas que, como você, buscavam o sossego de um canto isolado do mundo, sós ou acompanhadas, não importava isso, era um bar que se agitava na hora do almoço, mas depois se aquietava, suas luzes se amorteciam, o seu público mudava e só o procuravam os que queriam paz, e eram tantos que logo lotavam o estabelecimento, ocupavam todas as mesas, não deixavam lugar para os importunos. Uma delas era a sua, sempre ao lado daquela janela, guardavam-na com devoção à sua espera e só a liberavam se você convincentemente não fosse vir, o que não ocorria senão em caso de força maior, decerto. E você vinha sempre só, nunca o acompanharam nessa expedição os inúmeros companheiros que infestavam o seu ambiente de trabalho, mesmo os que até o bajulavam de maneira insuportável a todo momento, não, esses lá ficavam, a cuidar dos seus afazeres, enquanto você se retirava para o seu sagrado retiro, o que se dava, segundo sua consideração, sempre a desoras, sempre depois de dizer para si mesmo que agora já basta, que agora é preciso ir beber alguma coisa, que quem quiser que espere, que isto, que aquilo, e você saía finalmente, anunciando um regresso que poderia demorar para ocorrer, que se danasse o serviço, esse era o seu único momento na vida, o resto do seu tempo não lhe pertencia, fosse a que instante fosse, pela manhã, que começava cedo e se espichava até tais horas, fosse pela noite adentro. E você sorria, ao lembrar que diante de propostas para almoços de negócios a própria secretária já se encarrega de dizer não, o doutor já tem compromisso, não é possível marcar reuniões nesse horário. É uma rotina que conquistei, você pensa, aí sentado. E é. Uma boa rotina, é o que pensa. E é. Uma boa rotina. A única que lhe pertence. Pena que, vez ou outra, seu sossego seja quebrado pela cumplicidade odiosa com que o garçom lhe vem dizer, pronto, doutor, sua senhora já telefonou, ela só queria saber se o senhor estava aqui e a que horas voltaria para casa, eu lhe disse o mesmo de sempre. Nem sei por que, numa espécie de ritual, você ainda insiste, mas ela não quis falar comigo? E o garçom triunfante lhe retruca inexoravelmente, não, ela ficou satisfeita com a minha resposta, como sempre disse que marcou um compromisso e se o senhor não chegar em casa até as sete irá só, para o senhor não se preocupar. Em tais momentos, afinal sempre são quase sete, você se serve de mais uma dose, de outra, chega a exagerar na bebida, vai ficando por ali, até que se deixe vencer pelo cansaço e volte ao escritório, ao encontro dos trabalhos que o aborrecem, das decisões complicadas e atormentantes, das entrevistas que o martirizam, dos telefonemas que reclamam a sua presença em reuniões de negócios entediantes, mas, que se há de fazer, essa é a sua vida, a vida que você quis, que você preferiu entre todas as alternativas de que dispunha, sim, você é de um tempo em que havia alternativas. Azar seu. E outra vez você estava ali, a olhar pela vidraça daquele bar. Nova troada ecoou desde muito longe, logo o aguaceiro começaria a despencar. Nunca se viram dias tão chuvosos como naquele verão, eram nuvens encardidas que se avolumavam de repente no céu e o dia se punha escuro, os ventos varriam de toda parte, levantando as imundícies que se acumulavam no calçamento. Este é um dia em que fatalmente Vera irá telefonar, pensou você, o garçom pode chegar-se e abrir aquele sorriso odioso para você a qualquer instante. Mas ela se demorava, talvez nem mesmo ligasse, Vera era imprevisível. Faltava menos de um quarto para as cinco da tarde, desde muito antes você havia entendido que o trabalho que lhe restasse a fazer iria inquestionavelmente ficar para o dia seguinte. Não conseguiria chegar ao escritório antes da chuva e nem valia a pena tentar, auxiliares se encarregariam de engavetar os papéis de despachos, cancelar as audiências, despedir os visitantes e fechá-lo quando fossem horas; se lhe ocorresse voltar você toparia com a impassibilidade daquela porta trancada, inútil reabrí-la. Não venha maldizer o costume de demorar-se nesse bar até tarde, todos os dias, porque para isso sempre houve a desculpa de que antes das três o movimento é de uma intensidade absurda, não só o serviço fica atrapalhado como talvez você precisasse disputar com estranhos a mesa junto à janela, onde gostava de se instalar, por mais reservada que estivesse. Na verdade, agora fica pensando nessas coisas todas porque julga pertinente e também para lhe apaziguar o espírito, pois foi só quando sentiu a alma mais leve que pediu ao garçom para reabrir a conta e trazer-lhe mais bebida. No princípio fora uma empreitada difícil convencer aquele garçom, e só aquele, a despistar Vera quando ela telefonasse, sim, senhora, o doutor está aqui mas partilha a mesa com uns senhores que nunca vi, devem estar cuidando de negócios, geralmente é o que o doutor faz, traz seus clientes para ficarem mais à vontade por aqui, não senhora, não está bebendo muito, estão conversando, não sei se devo interrompê-los, parece ser importante, sim, dou sim, dou seu recado, pode ficar descansada, e pronto. Estava feito. Com o tempo, o garçom talvez nem precisasse repetir a história toda, vá saber, Vera era assim, revelava cuidados com você quando menos se podia esperar, habitualmente lhe dispensava a indiferença mais atormentante, que o devastava por dentro. Talvez ela nunca descobrisse o quanto você a amava, isto agora já não importa, verdade é que há anos cada qual vivia uma vida à parte, só dividiam a casa, era tudo. Talvez a intempérie que arrasava o final da tarde, vá saber, mas um sentimento brusco nasceu dentro de sua alma e o fez estremecer de espanto, de repente você se deu conta, era preciso eliminar Vera, era preciso, e pronto. E assim você voltou a olhar a paisagem lá fora, o trânsito estranhamente estava fluindo de maneira normal, as luzes se haviam acendido, só não começara ainda a chover. Você sorri, logo iria chover, no entanto, e logo Vera iria ligar, eram acontecimentos que costumavam ocorrer simultaneamente, como se fosse prazeroso para Vera marcar compromissos sociais para os dias de chuva, algo assim. Naquela tarde não seria diferente, você até imagina a cena. Vera não se importa de ir só aos lugares. Vai ver já telefonou para o bar, já sabe que mais uma vez não contará com a sua companhia. Você se estranha, vacila, que estará ocorrendo comigo, mas a verdade é que um sentimento muito forte se apossa da sua vontade, como se uma revelação qualquer chegasse ao seu conhecimento, decerto fruto de um espanto fatal, você percebe que quer, sim, quer eliminar Vera. Não dos sentimentos que tem por ela, impossível, não da sua vida, é pouco, não bastaria, era preciso eliminar Vera do universo, como se nunca tivesse existido, tarefa inimaginável. Seus olhos marejam enquanto esse pensamento vai se alastrando em seu espírito, como o mau tempo que varre o mundo lá fora. A cena se abre, então, através das lágrimas que lhe vão brotando. Lentamente, Vera enche a banheira de uma água morna e se despe, prepara um banho. Ou, teria sido diferente? Imóvel, você está imóvel naquela tarde, por um longo tempo, diante da vidraça do bar. Logo, porém, já se põe entretido com uma ferida que lhe aparecera na mão esquerda, um pequeno corte que formara sua casca mas coçava irritantemente, enxuga os olhos, esquece-se até do mau tempo, entre uma bebericada e outra só se ensimesma com as aparentes contradições que levavam ao desperdício da sua vida, inquietação que o atormentava ultimamente e de que aquela tarde, em que se via à toa, retido inapelavelmente no bar, era um exemplo candente e desagradável. Como você esperava, de repente ali estava o garçom, não era, porém, o de costume que lhe vinha dizer, não, era algo muito grave, urgia que fosse encontrar Vera, a conta é acertada em dois tempos, você abala pela porta com aflição. E ali está você. Você prepara, delicadamente, um uísque para Vera. Derrama a dose com o cuidado de indagar se está bastante, ela olha de relance e diz que sim. Você lhe explica que, infelizmente, não irá beber porque precisa partir em seguida, é um negócio importante que irá fechar, em pouco precisará estar no seu destino, ela sorri e se limita a lhe pedir que não relembre essa informação, basta-lhe a sua promessa de que em poucos dias esteja de volta. Você lhe diz que sim, que todavia estará de volta, e vai até o banheiro, abre as torneiras e espera que a água chegue à temperatura adequada, deixa a banheira encher-se lentamente. Vera aparece, vem do quarto onde começou a arrumar as malas e lhe pergunta para que isso, você lhe responde, estou preparando um banho como você gosta. Vera sorri, pega o copo que está sobre a pia e prova o uísque para lhe dizer, em seguida, que deixe de demagogia, que deixe de falsidade, que se for banhar-se ela saberá muito bem preparar o seu banho, que você vá embora de uma vez, se é o que pretende fazer. Mas você não aceita a provocação de Vera, não, simplesmente deixa-a falar, e ela fala, e bebe mais do uísque que você lhe preparou, e fala, e fala, e bebe, até que começa a enrolar a língua, Vera, e não entende por que, está ficando ébria, é isso, e lhe diz que está ficando ébria, você sorri, sorri enigmaticamente, Vera não compreende o seu sorriso, você apenas lhe pede, venha, Vera, dispa-se, venha tomar o seu banho. Poderia, então, ter sido assim? Seu rosto se contrai, como se uma erupção muito maior que um pranto lhe fosse aflorar da garganta, talvez um grito, um grito vindo de muito longe dentro de sua alma, a lhe sacudir para que entenda que não, não poderia ter sido assim. Você não poderia estar em casa, sua casa não tem uma banheira, Vera tinha nojo de banhar-se em água parada, compreende que não está em sua casa, afinal? E repentinamente um dos policiais o reconhece, doutor, revela um certo acanhamento ao lhe dizer que já soube do acontecido, que expressa seus sentimentos, você experimenta um enorme alívio e lhe diz boa noite, senhor delegado, muito obrigado, ele responde que não é um delegado, é o comissário Freitas, do distrito policial dali perto, que tem uma grande honra em vê-lo, pena as dolorosas circunstâncias. Você assente com ar desolado, sim, pena. Se não se importar, doutor, devemos ir à delegacia, há formalidades a cumprir, o senhor entende. E o senhor nunca suspeitou, lhe perguntou o delegado, e você lhe estendeu um olhar de desalento, os braços pendiam soltos e inúteis, ele se limitou a lhe pedir desculpas, eram perguntas obrigatórias mas formais. Nunca, balbuciou você, nunca pude imaginar uma coisa dessas. É preciso força, doutor, de nossa parte procuraremos tratar do caso com a discrição possível, mas a imprensa, o senhor sabe. É inevitável, você murmurou, como que perguntando. É inevitável, ele lhe respondeu. Mesmo assim, senhor delegado, você lhe pedia quase em súplica, procure esconder os antecedentes que o senhor descobriu. O senhor me ofende, doutor, ele arregalou-lhe os olhos. Não é só a sua reputação, mas a reputação da morta que precisamos preservar, sobre o que já tranquilizei o doutor seu sogro quando aqui esteve, os motivos que ela tivesse para fazer o que fez ficam rigorosamente entre nós. E, ajuntou, decerto um momento de depressão, doutor, decerto isso, quem não os tem, nos nossos dias? Por tudo isto vamos abreviar o encerramento deste inquérito, já resolvi esta questão com o doutor seu sogro. Você afastava o olhar para além da janela, era insuportável continuar a recordar Vera naquele bar, a tarde lhe parecia repentinamente mais ameaçadora ali dentro, com a lembrança de Vera, que nas tormentas da intempérie que se precipitava lá fora. Então, quando preparasse um uísque para Vera, você derramaria no copo o conteúdo daquele frasco, iria assisti-la beber e lhe falaria os disparates que conseguisse, sem parar, até que ela vacilasse e nem mesmo lhe respondesse mais. Poderia ter sido assim, então? E enquanto ela se embriagasse até adormecer profundamente você é que se poria a encher a banheira. Depois você é que iria despir Vera cuidadosamente, lavar o copo e tornar a colocar gelo e um tanto de uísque, molhar os lábios agora empalidecidos de Vera com a bebida e deixar o copo na borda da banheira. Depois, iria carregar o corpo desfalecido de Vera, com cuidado, e depositá-lo na banheira. A gilete cortaria os pulsos de Vera já imersos na água morna, esta se tingiria de medusas rubras que se poriam a nadar, a desmanchar em movimentos delicados, a se dissolver, dois dedos de Vera ainda a prenderiam, frouxos, quando a mão escorregasse para o fundo. Você se lavaria na pia, enxugar-se-ia e conferiria tudo minuciosamente, logo iria bater a porta atrás de si, a chave pendurada do lado de dentro. Já se sabe que assim não foi, no entanto, assim não poderia jamais ter sido, Vera não lhe deixara nem deixaria sequer a prerrogativa, que você acreditara ser sua, de colocar um ponto final naquela história que tanto o fez sofrer, que tanto o dilacerou e que agora terminava dessa maneira brusca, rude, e os policiais a lhe dizerem, doutor, o senhor pode recolher os pertences da vítima, não serão necessários para o inquérito. Você agiria sem emoção, Vera talvez o tivesse amado, quem sabe, mas estava morta, você a amara e também estava morto, há tanto tempo, é o que você iria pensando enquanto se movesse pelo chalé, foi assim, então? Os policiais o acompanham, você então vai buscar os pertences no quarto, e agora, que valises são essas, ao lado das dela, que valises mal desfeitas são essas junto às valises que Vera deixou naquele chalé, e por que estão aí essas valises, encostadas às dela, é o que você se pergunta e nunca desejará responder.

José Roberto Melhem
Foi advogado, membro do Conselho da TV Cultura e presidente do Conselho de Defesa do Patrimônio Histórico, Artístico, Arquitetônico e Turístico – Condephaat, até 2006. Secretário adjunto da Secretaria da Administração e Assessor Político da Secretaria da Justiça, ambas do Estado de São Paulo. Autor de *Moscas* (2000), contos e crônicas. Faleceu em abril de 2008.

Mensageiro

Levi Bucalem Ferrari

Não, ninguém gosta de ser desmancha-prazeres.

A mão tenta, cuidadosamente, tirar o primeiro botão de sua casa, proporcionando a abertura da blusa. O suficiente para alcançar o seio juvenil que se anuncia farto, mas a história não começou assim.

Vocês eram jovens, pobres e sedentos de vida, de prazeres, sexo, bebidas, festas, alguns já possuíam automóveis... Ah, o primeiro automóvel, quase sempre um fusquinha. Raramente algum outro, bem mais usado, daqueles americanos enormes dos anos cinquenta. Nos anos setenta já quase não se viam. Os bem de vida tinham Corcel, os mais ricos, Opala; muito poucos.

Pobres, porém perversos, foi a expressão usada por um dos mais conhecidos de seus líderes, o Benê, lembra-se? Pobres que se julgavam ricos, recém-formados alguns, estudantes outros, o primeiro emprego de quase todos, os salários nem tão grandes, mas muito superiores às formas anteriores de subsistência, mesadas curtas, aulas particulares, outros bicos. Se não ricos, pelo menos ascendentes. É o caso daquele ali que, no momento, segura o copo de uísque barato com gelo na mão direita e, na esquerda, mantém um cigarro. Rapaz de boa aparência, espessos bigodes e cabelos compridos.

Todos usávamos cabelos compridos.

Era a moda.

Então você foi o último que viu o Renato? Sim, naquela noite foi. Então foi o último, ninguém mais o viu.

O gesto de desabotoar a blusa feminina, particularmente naquelas circunstâncias, exigia, ao mesmo tempo, rapidez, habilidade, delicadeza. À jovem não se deveria assustar nem dar tempo ou pretexto para arrependimentos, algum gesto brusco de afastar a mão, a passagem sem retorno do negaceio à negação.

A festa foi na casa onde moravam aqueles do interior. Moravam não é bem o termo, dormiam, descansavam, levavam as meninas, namoravam, muitas farras, até alguns procurados pela repressão se escondiam lá. Pouco tempo, só de passagem, os inquilinos, às vezes, nem sabiam. Mas desconfiavam. E ninguém perguntava nada? Era a regra, ninguém pergunta. A casa era bem situada, próxima da escola onde lecionavam, mas não demais.

Quem avisou sobre a festa foi o Antenor, vão fulano, beltrano, cicrano, a turma toda… algumas professoras novas, começando este ano, daqui e de outras escolas, e alunas. Muitas. Bonitas e fáceis.

Menores? Não, nos cursos noturnos quase que só havia maiores…

E foi esse mesmo Antenor quem pediu ao Renato que desse o recado. Você estava junto, ouviu tudo, achou esquisito? Nunca tinha visto nada semelhante, mas também não estranhei tanto. Meu irmão se animou, gostava de brincadeiras, tinha feito teatro universitário, sempre quis ser ator. Acho que foi por isso.

O seio, Renato quase o tem inteiro em uma das mãos. Os dedos, instintivamente, buscam o mamilo. A outra mão acaricia a nuca, os cabelos.

O carro estacionado na entrada lateral da casa, garagem improvisada. Ninguém por perto.

Aquele, o de bigode, que fuma e bebe uísque, parece que todos o respeitavam bastante? Era o diretor. Assim tão novo? Éramos todos jovens, faltavam professores. Nem os diretores eram concursados. E os dois que conversam com ele, não parecem ser dali. Eram de uma escola mais distante, nem sei quem os convidou. Estranho. Bem, sempre havia um ou outro professor novato, qualquer um que chegasse ia logo se enturmando... É, mas eles observam tudo. E atentamente.

O Antenor era meio louco, muito cafajeste. Tinha namorada firme, acho que noiva, em sua cidade natal; e outra, esta aluna, que estaria na festa à sua espera. Então pediu ao Renato que a procurasse e que dissesse a ela que ele teve que viajar às pressas, seu pai estava muito doente. Tudo mentira. Mas ensaiaram bem, diga-lhe que eu gosto muito dela, mas não só porque eu te falei, você também sente isso, entende? Pode deixar comigo, digo que ela é tudo o que você espera de uma mulher. Isso, assim mesmo, os lugares-comuns não falham. E ela era bonita, certamente.

Renato alisa com as costas dos dedos o rosto da moça, a pele suavíssima. Seus lábios encostam-se aos ouvidos dela, murmuram o nome, beijam e, de novo, murmuram, a língua se insinua. Com algum cuidado ainda.

E tinha mesmo muita mulher? Que nada, algumas das novas professoras não vieram, outras foram embora logo; também as alunas. Ficaram as de sempre, as já de caso com alguém e mais uma ou outra. Os homens, como sempre, nunca vão embora, a proporção entre os sexos se altera demasiadamente e tudo vai ficando difícil, restando bebida e conversas. Meu irmão deu sorte.

Sorte?

Pelo menos nesse aspecto.

Você reparou que os homens que conversavam com o diretor estavam armados. Pode ser, hoje eu não estranharia, mas na ocasião não reparei, fazia frio e todos usávamos aquelas japonas enormes, esconderiam qualquer volume. É verdade.

Renato e eu chegamos juntos à festa; o diretor logo atrás. Seguira nosso carro porque não sabia o endereço. Eu mostrei a meu irmão a namorada do Antenor e fiz mais, disse a ela, apontando para Renato, que aquele rapaz, que ela não conhecia, tinha um recado muito importante para lhe dar, e pisquei o olho, a demonstrar que só poderia ser alguma coisa relacionada ao namorado ausente. Os olhos da menina brilharam; os de Renato estavam brilhantes há mais tempo.

Alguns minutos, mais goles de uísque, meu irmão vai ao encontro da moça, mas ela nem o espera, se adianta, se apresentam, ela ouve o combinado. A partir dali os dois só conversaram entre si, ela, antes preocupada, logo parecendo contente, eufórica mesmo, com o que Renato lhe falava. Sobre Antenor e seus pretensos sentimentos, quem passasse por perto escutava. Conversavam animadamente e bebiam. Também animadamente. Eu mesmo ouvi Renato dizendo que agora entendia por que Antenor lhe falava tanto dela. Veja você. Até que foram para o carro. E lá ficaram. Falando do Antenor? Aí já não sei.

Eis que chega, de repente, o Bruno, ninguém o esperava, não costumava ir àquele tipo de festa. Está bastante ansioso e seus olhos varrem, nervosamente, o recinto até se fixarem nos do diretor que lhe faz um discreto, mas claro sinal de que não se aproximasse, agora não, de jeito nenhum, perigo, espere. Bruno continua a varredura e me encontra, conversa comigo, parece que tem alguma coisa importante a dizer, mas não diz; repete apenas os tudo bem e coisas vão indo desta ou daquela maneira. Sempre de costas para o diretor. Isso por causa daqueles dois, você não percebeu? Eram da polícia política. É, deve ser.

Enfim o beijo, de leve antes, logo inteiriço e cheio de línguas, o mensageiro substitui, miraculosamente, o emissário. As mãos passeiam por todas as carnes. As dela também não se intimidam mais da própria curiosidade.

Os vidros do automóvel embaçados.

Você disse miraculosamente, mas não; quando se é jovem, instintos e sentimentos são muito fortes. Fortes, dispersos, desencontrados, tontos, miram aleatoriamente qualquer alvo, substituem um pelo outro; e a qualquer pretexto extravasam. Como fissura em caixa-d'água. Vento frio e janela entreaberta. Fagulha e combustível.

O diretor passa por nós em direção à varanda, Bruno olha o relógio, me diz, vou embora, mas preste atenção, você não me viu aqui, entendeu, aliás, faz tempo que não me vê, mal me conhece... E tome muito cuidado. Ficaram na varanda ou, mais provavelmente, fora da casa, em lugar onde não pudessem ser vistos. Não sei quanto tempo, me pareceu muito, mas pode ser que não. O diretor está de volta e, evitando ser visto por seus interlocutores de antes, os falsos professores ou policiais como você observou, me levou para um canto, olhou para todos os lados antes de dizer, o Tiago caiu, foi preso ontem à noite, é preciso avisar teu irmão, ele tem que fugir...

Esse Tiago pertencia ao mesmo G. T. que meu irmão. GTA, Grupo Tático Armado, não é isso? Atuavam juntos, operações que só eles e alguém acima sabiam. Alguém acima na organização, você quer dizer? Certo. E sem muito detalhe. Isso só os dois sabiam.

Os vidros do carro estavam embaçados.

Você já disse.

Não gosto de ser desmancha-prazeres, sei que também já disse, mas eu tinha que avisar meu irmão. Então pigarreei e tossi forte várias vezes, e ainda dei um tempo antes de me aproximar do carro. Os vidros embaçados, as luzes não se acendem, mas o motor é ligado e o automóvel se movimenta mais rápido que as minhas pernas hesitantes.

Nunca mais o vi.
Ninguém viu. Sumiram com ele.

Levi Bucalem Ferrari
Ficcionista, poeta, ensaísta, Presidente da UBE e do IPSO e professor de Ciências Políticas. Presidiu a Associação dos Sociólogos de São Paulo. Recebeu da APCA o prêmio Melhores do Ano – Autor Revelação de 1998, pelo romance *O sequestro do senhor empresário*. Membro do Conselho Curador da Fundação Padre Anchieta. Apresenta na Rádio Cultura o programa *Outras palavras*.

O dedo

Lygia Fagundes Telles

Achei um dedo na praia. Eu ia andando em plena manhã de sol por uma praia meio selvagem quando, de repente, entre as coisas que o mar atirou na areia – conchas, gravetos, carcaças de peixes, pedras –, vislumbrei algo diferente. Tive que recorrer aos óculos: o que seria aquilo? Só depois de aparecer o anel é que identifiquei meu achado, o dedo trazia um anel. Faltava a última falange.

Não gosto nada de contar esse episódio assim com essa frieza, como se ao invés de um dedo eu tivesse encontrado um dedal. Sou do signo de Áries e os de Áries são apaixonados, veementes, achei um dedo, UM DEDO! Devia estar proclamando na maior excitação. Mas hoje minha face lúcida acordou antes da outra e está me vigiando com seu olho gelado. "Vamos – diz ela – nada de convulsões, sei que você é da família dos possessos, mas não escreva como uma possessa, fale em voz baixa, sem exageros, calmamente."

Calmamente?! Mas foi um dedo que achei! – respondo e minha vigilante arqueia as sobrancelhas sutis: "E daí? Nunca viu um dedo?" Tenho ganas de esmurrá-la: Já vi mas *não nessas circunstâncias*.

O poeta dizia que era trezentos, trezentos e não sei quantos. Eu sou apenas duas: a verdadeira e a outra. Uma outra tão calculista que às vezes me aborreço até a náusea. Me deixa em paz! – peço e ela se põe a uma certa distância, me observando e sorrindo. Não nasceu comigo mas vai morrer comigo e nem na hora da morte permitirá que me descabele aos urros. Não quero morrer, não quero! Até nessa hora sei que vai me olhar de maxilares apertados e olho inimigo no auge da inimizade: "Você vai morrer sim senhora e sem fazer papel miserável, está ouvindo?" Lanço mão do meu último argumento: Tenho ainda que escrever um livro tão maravilhoso... E as pessoas que me amam vão sofrer tanto! E ela, implacável: "Ora, querida, as pessoas estão fazendo montes. E o livro não ia ser tão maravilhoso assim".

É bem capaz de exigir que eu morra como as santas. Recorro às minhas reservas florestais e pergunto-lhe se posso ao menos devanear um pouco em torno do meu achado: não é *todos* os dias que se acha um dedo. Ela me analisa com seu olho lógico: "Mas não exorbite".

Fecho a porta. Mas então eu ia dizendo que passeava por uma praia completamente solitária, nem biquínis, crianças ou barracas. Praia áspera e bela, quase intacta: três pescadores puxando a rede lá longe. Um cachorro vadio rosnando sem muita convicção para dois urubus nos pousados detritos. O sol batia em cheio na areia brilhante, viva, cheia de coisas do mar de mistura com coisas da terra longamente trabalhadas pelo mar. Guardei na sacola uma pedra cinzenta, tão polida que parecia revestida de cetim. Guardei um grosso pedaço de cipó ondulado, silhueta de serpente se endireitando para o bote. Guardei um punhado de pequeninas estrelas-do-mar. Guardei um caramujo amarelo, o interior oco e roxo se apertando em espiral até a raiz inatingível. Guardei uma asa de concha rosa-pérola. O dedo não guardei não.

Não senti nenhum medo ou asco quando descobri o dedo meio enterrado na areia, uns restos de ligamentos e tecidos flutuando na espuma das pequeninas ondas. Há pouco encontrara as carcaças dos peixinhos que escaparam das malhas das redes. Lavado e exangue, o dedo parecia ser da mesma matéria branca dos peixes, não fosse a mundana presença do anel, toque sinistro numa praia onde a morte era natural. Limpa.

Inclinara-me para ver melhor o estranho objeto quando notei o pequeno feixe de fibras de algodão emergindo na areia banhada pela espuma. Quando recorri aos óculos é que vi: não, não era algodão, mas uma vértebra meio descarnada – a coluna vertebral de um grande peixe? Fiquei olhando. Espera, o que seria aquilo? Um aro de ouro? Agora que a água se retraíra eu podia ver um aro de ouro brilhando em torno da vértebra, cingindo-a fortemente, enfeixando as fibras que tentavam se libertar, dissolutas. Com a ponta do cipó, revolvi a areia. Era um dedo, dedo anular, provavelmente, com um anel de pedra verde preso ainda à raiz intumescida. Como lhe faltasse a última falange, faltava o elemento que poderia me fazer recuar: a unha. Unha pontuda, pintada de vermelho, o esmalte descascando, acessório fiel ao principal até no processo da desintegração. Unha de mulher burguesa, bem cuidada, à altura do anel de joalheiro de classe que se esmerou na cravação da esmeralda. Penso que se restasse a unha certamente eu teria fugido, unha é importante demais. Mas naquele estado de despelamento, o fragmento do dedo trabalhado pela água acabara por adquirir a feição de um simples fruto do mar. Contudo, havia o anel.

A dona do dedo. Mulher rica, um anel daqueles devia ser de mulher rica e de meia-idade, que as jovens não usam jóias, só as outras. Afogada no mar? O biquíni verde combinando com o anel. O óleo perfumado fazendo brilhar a pele sem brilho. A onda, começou inocente lá no fundo e foi se cavando cada vez mais alta, mais alta, Deus meu, tão grande! A fuga na água resistente como um muro, os pés de ferro e a praia tão longe, ah! Mas o que é isso?... Explosão de espuma enrolando boca e olhos em esparadrapos de sal. Sal.

Respirei com ênfase. Mas que mulher vai hoje de anel de esmeralda para o mar? A elegante passageira de um transatlântico de luxo que afundou na tempestade? Mas fazia tempo que nenhum transatlântico de luxo naufragava assim. Ocorreu-me o "Titanic", mas isso tinha sido por volta de 1912, imagine. A descrição da tragédia falava em mulheres fabulosas, as mais ricas do mundo, afundando enlaçadas ainda em homem de casaca, apoteose do baile fulgurante, as luzes acesas iluminando a superfície do mar onde começaram a boiar diademas. Plumas. Houve também o "Princesa Mafalda", que submergiu com toda a sua glória perto dos tubarões da Bahia (quando foi isso?), os espíritos atônitos baixando aos poucos nos terreiros, *"Tutta questa gente!... Dove siamo?"* E a mãe-de-santo com um turbante de rainha abrindo os braços generosos, "Saravá, meu pai: Saravá!".

Podia ser ainda uma suicida, dessas que entram de roupa pelo mar adentro, que o desespero é impaciente, mal teve tempo de encher os bolsos com pedras. A pedra verde no dedo. Ou a personagem real de um crime, crime passional, é evidente, enfraquecida a hipótese de latrocínio pela presença do anel. Um crime misterioso, já arquivado: mulher bonita. Marido rejeitado. Minhocando, roque-roque. Roque-roque. O flagrante da traição, "Ai, como dói!" A premeditação no escuro, tão profundo o silêncio no quarto que podia se ouvir o murmurejar do pensamento, roque-roque. Ela acorda em pânico no meio da noite, "Mas que barulho é esse? Um camundongo?" Ele se aproxima sem poeira. Sem emoção. No banheiro cintilante a proximidade da água facilita demais, os crimes deviam ser cometidos perto de cascatas. Um pouco de lavanda nas mãos ligeiramente trêmulas após a tarefa cumprida na ausência da cozinheira em licença remunerada para ir visitar a mãe. A casa na praia não foi uma solução? E praia deserta, o homem feliz não tinha camisa, só maiô. Tão simpático o homenzinho de maiô azul que todos os dias vai à praia levando a caixinha de sabonete, que será que ele leva naquela caixinha? Um detalhista: ideias miúdas, objetos miúdos. Na cabeça, um pequeno boné se tem sol. Era ele que andava com uma mulher grande, bonita? Era. E a mulher? Lá sei, deve ter viajado, ele ficou só. Parece que adora o mar, faça sol ou não, vai dar o seu passeio com sua caixa e seu sorriso.

Por que cabeça de assassinado fica do tamanho do mundo? A solução seria um porta-chapéu mas se ninguém mais usa chapéu?... Enfim, se sobrou a cabeça não sobrou o dedo que na manhã de garoa ele deixou no mar. O anel foi junto, era tão afeiçoado à carne que se recusou a sair e ele não insistiu, pois ficasse o dedo com seu anel, que sumam os dois! Nem os urubus saíram de casa nessa manhã. Ele saiu.

A pedra brilhava num tom mais escuro do que a água. Lembrei-me de um quadro surrealizante: uma praia comprida e lisa, de um branco leitoso com flores brotando na areia, flores-dedos e dedos-flores. No quadro, o insólito era representado por uma gota de sangue pingando nítida da ponta de um dedo. No meu achado, o insólito era a ausência do sangue. E o anel.

A primeira pessoa que passar por aqui vai levar esse anel, pensei. Eu mesma – ou melhor, a outra, a lúcida, com falsa inocência não chegou a insinuar que eu devia guardar o anel na sacola? "Mais um objeto para a sua coleção, não é uma linda pedra?" Expulsei-a, repugnada. Horror. A morta de Itabira reclamava a flor que o distraído visitante do cemitério colhera na sua sepultura, "Eu quero a flor que você tirou, quero de volta a minha florzinha!" A dama do mar faria uma exigência mais terrível por telegramas, cartas, telefone, me soprando com sua voz de sal: "Eu quero o anel que você roubou do meu dedo, eu quero o meu anel!" Como reencontrar naqueles quilômetros de praia os diluidíssimos restos do dedo para lhe devolver a esmeralda?

Com a ponta do cipó, cavei rapidamente um fundo buraco e nele fiz rolar o dedo. Cobri-o com o tacão do sapato e na areia tracei uma cruz, intuí se tratava de um dedo cristão. Então veio uma onda, que esperou o fim da minha operação para inundar o montículo. Dei alguns passos. Quando me voltei pela última vez, a água já tinha apagado tudo.

Lygia Fagundes Telles
Nasceu em São Paulo mas passou a infância no interior do estado, onde o pai atuava como promotor público. A mãe era pianista. Voltando a residir com a família em São Paulo, fez o curso fundamental na Escola Caetano de Campos, e em seguida ingressou na Faculdade de Direito do Largo de São Francisco, da Universidade de São Paulo, onde se formou. O resto é História – da Literatura.

Sagrada família

Nilza Amaral

A resolução de comemorar com uma ceia a última reunião da sagrada família foi causada pelo acúmulo de descobertas insólitas naquele dia estranho, iniciado por uma inexplicável aflição. Pela primeira vez em tantos anos levantei-me sem oferecer ao meu amado o alimento para o seu dia – o meu beijo matinal. Ele dizia que sem esse beijo o seu dia seria sem graça. Com a sensação de alfinetes picando-me todo o corpo, não aguentaria mais um minuto a nossa cama conjugal. Estranhos presságios arrepiavam meus pensamentos. Repentinamente o céu cor-de-rosa da minha vida sem grandes transtornos tornava-se negro de pessimismo. Cumpridora de meus deveres de esposa feliz e mãe abnegada acordara naquela manhã questionando as verdades da vida. Não poderia ser cansaço ou fastio do lar. Jamais seria uma daquelas queimadoras de sutiã. Não eu, que havia escolhido colocar meu corpo, especialmente meu útero, a serviço da função feminina: parir. E, se minha volúpia houvesse, ao desejo de meu amado. Tentei me distrair fazendo compras.

Há anos-luz preenchia cadastros sem alteração da minha ocupação, então me intrigou o fato de aborrecer-me com *aquele do lar*, naqueles guichês lotados de donas-de-casa, *naquele dia, naquela hora, naquele balcão*. Por que me envergonhei ao ouvir surpresa, as outras entrevistadas explicarem timidamente, não trabalho não senhor, sou dona-de-casa. Então não era profissão criar crianças, limpar bundas sujas, lavar fraldas, cozinhar papas, dar banho na hora certa, e depois assisti-los na infância, aguentar as malcriações da adolescência, e com tudo isso continuar amando e desejando o companheiro?

De repente me veio à mente, que há muito meu amado, marido não combina com paixão, já não prendia minhas mãos, hoje pontilhada de sardas, entre as suas naquele gesto de carinho que me dava mais prazer do que o orgasmo. O que não se faz pela paz doméstica – contentamo-nos com as mãos. Essa dedução jamais havia alertado minha mente. Mas aquele dia não era um dia qualquer.

Preenchidas as assinaturas voltei para casa, precisava preparar o jantar, era dia de lulas fritas, um prato trabalhoso, a empregada ajudava a limpar e cortar, mas o toque final era meu, o último tempero era adicionado por mim, de acordo as funções domésticas, como as chamavam meus três filhos. Eu era do lar, com muito orgulho. Exercia perfeitamente a profissão que escolhera, estava sempre a postos quando solicitada, colocando sempre em primeiro lugar, o amado e os filhos, eu era a cabeça dessa família sagrada e unida, e me orgulhava dela. Não me fazia falta uma carreira fora de casa, apesar da cobrança de muitas das minhas amigas executivas, que pouco a pouco foram me deixando no reinado das panelas, o que de certo modo me aliviou bastante, pois na verdade não havia mais nada de comum entre nós, e nos raros encontros, nossa conversa era mais de pausa do que de movimento. O progresso natural da família era abençoado.

Meu marido cumpria diariamente com suas obrigações, inclusive as conjugais, e até experimentávamos posições excêntricas orientadas pelo Kama Sutra. O prazer do sexo me era relaxante e, se ele se levantasse com pressa logo após, eu entendia perfeitamente que outras obrigações o chamavam e nunca o questionava.

Entre as panelas e as paredes de minha casa, minha vida foi passando, e um dia o espelho refletiu uma imagem que não era a minha.

Fios de cabelos brancos teimavam em aparecer dando àquela figura refletida, um certo ar de cansaço, rugas finas nos cantos dos olhos entristeciam o olhar e eu não me reconheci. Aquela imagem que não era a minha, junto com um pouco da indiferença dos filhos adolescentes, somadas às repetidas ausências do meu marido sempre ocupado, me fez sentir como um item de móveis e utensílios, uma ponta de solidão incipiente se manifestou, acentuada pela descoberta de que na lida cotidiana entre as funções rotineiras, o marido, me procurava cada vez menos, nossas relações eram cada vez mais rápidas, todos tinham mais *lances* urgentes a cumprir fora de casa, deixando-me perdida naquele reinado solitário, agora um grande casarão conseguido com os dignos esforços do trabalho *dele*. A minha sagrada família se dispersava sem o meu consentimento. Porém a culpa desse afastamento somente poderia ter sido minha, eu deveria ter falhado em algum ponto do percurso, uma possível distração extraviara das minhas vigilantes funções. Sim, era isso. Talvez estivesse estranha para eles que já não reconheciam a minha figura tanto quanto eu não me reconhecia naquele espelho. Estava decidida. Iria até as últimas consequências para evitar o fracasso da minha profissão, da minha vida tão planejada, pois de mim dependia a felicidade de todos. Não pensei como todas as mulheres que uma ajeitada no visual talvez ajudasse, quem sabe uma plástica, roupas novas, um bom cabeleireiro, uma boa ginástica facial, não, não são esses os elementos para se unir uma família dispersada. A angústia da descoberta da perda é a mais dolorida. Não sabia o que havia escapado ao meu controle, mas a dor funda no coração alertava-me de que esta poderia ser uma caminhada para o abismo. Recusava-me porém a aceitar essa ideia. Deveríamos permanecer unidos para sempre. Telefonei aos filhos. Decretei a presença de todos na hora certa. Não aceito desculpas, respondi antes de qualquer esboço de uma negativa. Faria um jantar caprichado. Não um jantar, uma ceia. Exigi, fugindo ao meu comportamento habitual, pontualidade do marido. Ao primeiro mas querida, já anunciei: – é um jantar especial, nada de mas, pelo menos dessa vez.

Procurei uma receita especial, uma comida que satisfizesse o espírito e a carne. Faria lasanha de abóbora e espinafre, receita encontrada num livro de monges budistas – o bom alimento salva os corpos do enfraquecimento. Consultando a geladeira vi que a ricota não era suficiente e fui às compras.

Ao estacionar o carro na rua deserta, o adolescente armado entrou assim que abri a porta.

Adolescente é aquela criatura egoísta que tanto pode ser um deus de graça com a cabeça aureolada, ou um demônio cruel portando um tridente pontiagudo, pronto para aguilhoá-lo.

Esse estava mais para a segunda hipótese, porém, disfarçado naquele querubim de olhos azuis, e loura cabeleira encaracolada, substituindo o tridente pela arma mais atual.

Ordenou-me que ficasse quieta e passasse a bolsa. Depois de vasculhar pelo interior achou a carteira e os cartões de crédito. Ordenou-me, dirija até o banco onde tem sua conta, e eu obedeci apavorada. O garoto de uns dezesseis anos, fixando-me com aqueles olhos azuis irresistíveis, segurava o revólver entre os dedos com familiaridade. Sabe que você pela idade não é de jogar fora, dona, pare o carro aqui, quero ver tudo de perto, disse enquanto passeava o revólver pelo meu corpo trêmulo, pela intimidade de meu sexo, e quando mal me refazia do susto, ele agarrando-me entre seus braços anunciou, não vai ser de graça dona, você vai pagar pelo serviço; sem interromper o famigerado discurso, possuiu-me várias vezes enquanto eu desesperadamente vasculhava a rua deserta buscando alguma ajuda, me descobri sentindo um enorme prazer. Aquele anjo livrou-me de vários infernos e me levou a céus desconhecidos. Quis acreditar que estamos onde temos que estar, e eu tinha que estar ali, naquela rua deserta, esperando por aquele assaltante que mudaria meu destino. Já havia me esquecido do quanto um corpo jovem é rijo, de quanta energia pode transmitir. Acariciando seus cabelos eu repetia automaticamente sem repelir o seu intento, não faça isso, por que você faz isso, ora dona, ele respondia com aquela cara de malandro, vai dizer que a senhora não está gostando, correndo suas mãos pelo meu corpo, exigindo cada vez mais, não é isso menino, por que você assalta, não tem pais, tenho vários pais e uma mãe puta. E talvez, por isso me insultava, se esfregava em mim com fúria, agora tu já me endoidou, e não recusa não, senão vai levar porrada, vai ser serviço completo. Já estava ficando atordoada com aquele jargão ofensivo, mas sem alento para impedir o seu ataque. Não aparecia pessoa alguma, uma alma, naquela rua deserta, então vendo a hora no relógio do painel do carro, desesperei-me contra a minha vontade, pois o desejo não depende de boas maneiras, muito menos de boas falas, ou de horários, e para meu espanto, com a voz trêmula, mas exigente, ordenei, menino acabe logo com isso, tenho um jantar marcado com a família. Ah, a família, eu vou também, guarde lá um lugar na sua mesa de rico, vamos pro banco, compro um jaleco novo, vou lá de seu primo distante e logo saiu de cima de mim, deixando-me a sensação de vazio, já sentindo falta do prazer que aquele corpo me proporcionara, percebendo, que nada mais importava, a não ser aquele anjo oportuno. E, se ele fosse ao meu jantar, como sobremesa faríamos sexo novamente e a solidão e a aflição se dissipariam, restaria apenas o prazer redescoberto.

 O acaso novamente prevaleceu. Um segurança saído do nada, apareceu batendo com o cassetete no vidro trancado, que eu logo abri, o diabo loiro falou tranquilamente, nada não seu guarda, sou garoto de programa, não vai comprometer a dama. O segurança continuou o seu caminho e o garoto gargalhava achando-se genial, agora que eu livrei a sua cara, toca para o banco na maior velocidade que conseguir. O banco estava lotado mas ele voltou rápido e, acenando com o cartão de crédito, avisou, te deixei dura minha chapa, até a próxima vez e o próximo serviço. Abri o vidro, apanhei o cartão de crédito e sem resistir despenteei a sua loira cabeleira de anjo e surpreendendo a mim mesma gritei, não se esqueça do jantar, ele sorriu um riso cínico e desapareceu.

De repente o mundo esfriou. O supermercado não me pareceu atraente como de costume. Minhas pernas, minhas costas, todo o meu corpo, uma dor gostosa, a pele suada, me faziam desejar aquele garoto, já, nesse instante, dentro daquele carro, que por momentos se havia transformado num carro mágico, e constatei que a amargura dessa nova perda me espetou como um ferrão envenenado. Jamais o veria? Então me lembrei da sagrada família, da ricota, da lasanha dos monges, fiquei um tempão defronte à geladeira com aquela ricota nas mãos, o pensamento longe, e me dirigi à sessão de inseticidas. Apareciam camundongos de vez em quando na minha casa.

O balconista me garantiu que duas colheres daquele pó branco seriam suficientes para exterminar um rato em menos de oito horas. Em casa tomei um banho morno, meu corpo saudoso daquele corpo jovem, tremendo de prazer ao pensamento de suas mãos me acariciando, de seu sexo me procurando. Descobri então para o que nascera. Foram necessários anos de fogão e tanque para desvendar em meu íntimo a minha verdadeira necessidade. Então já não me seria possível viver outra realidade em que demônios fantasiados de anjos loiros não estivessem incluídos. O filme de minha vida passou em um segundo ante meus olhos, as fraldas ao vento, os almoços caprichados, o sexo habitual, a sagrada família. Um filme que agora me parecia monótono, a não ser pela interrupção ilógica das cenas. Um filme descontínuo. Sem final feliz, ou melhor, com um final impossível. Saí da banheira, enxuguei-me com o furor do desejo instaurado, perfumei-me e estava pronta para a última ceia. Capricharia na lasanha, no molho, e com as minhas mãos prestimosas acrescentaria aos ingredientes o pó branco exterminador. Se hesitei? Sim, e durante muito tempo fiquei ali olhando para a solução final. Já não poderia ser a mãe extremosa, a esposa abnegada, perdera meu lugar no mundo.

Nunca a mesa esteve tão bonita, com a louça de festa e os copos de cristal reluzente. Os filhos chegaram, o marido chegou acomodaram-se à mesa, elogiaram o capricho. Então decidi. Esta seria a última cena do filme. Um dos filhos, o mais velho, ainda observou, mãe, você está ficando distraída, há um lugar a mais na mesa. Ora, meu filho, respondi normalmente, quem sabe um anjo cai do céu e ocupa esse lugar. Com um olhar pensativo notei no espelho da cristaleira, os fios de cabelos brancos arruinando a minha aparência. Aquela outridade já não me incomodava. O agora marido sorria complacente, era quinta-feira, não era dia de sexo. Só então percebi que, como eu, ele também estava envelhecendo. E descobri que o amava, porém, não mais o desejava. Teria que viver com isso. Ou não. A refeição discorreu tranquila, essa lasanha está uma delícia, disse ele. Você pode estar distraída, mas suas mãos continuam de fada. Um beijo na face esquerda selou o elogio. Foi então que decidi. Esperem um minuto, falta um último toque. O pó permaneceu por um instante em meu cérebro, antes que meus dedos o pulverizassem debaixo da mesa, sob o tapete. Somente ao servir o licor depois do café, todos me olhando com muito amor, um profundo arrependimento pela minha covardia pesou fundo em meu coração, e lamentei o lugar vazio à mesa. Os anjos do inferno não aparecem quando convidados. A noite caiu, o dia nasceu. Jamais a sagrada família esteve tão unida.

Nilza Amaral

Autora dos romances *A balada de estóica*, *O dia das lobas*, *Modus diabolicus*, e *O florista*, entre outros. Recebeu o prêmio Letterario Internazionale Maestrale, Itália, e texto legenda no livro *Rio erótico*, pela Harper and Collins, Nova York. Lançado em La Habana, Cuba, em espanhol, na Feria de Libros de fevereiro de 2008. Segunda vice-presidente da UBE.

A volta do canibalismo

Rodolfo Konder

De repente, os elefantes dispararam pelas planícies avermelhadas da África. Crocodilos famintos saíram dos rios, dos pântanos e dos lagos. Depois, foi a vez das rãs, que seguiram os crocodilos com a disciplina de milícias. Os pássaros levantaram voo e cobriram o céu, como nuvens escuras, a caminho do norte. Leões, onças e hienas invadiram as aldeias, em busca de gente. Rinocerontes tomaram as estradas.

Os homens, horrorizados, suspenderam as guerras. Em Ruanda, os hutus e os tutsis interromperam os massacres, detiveram o genocídio que havia começado em abril de 1994. Os exércitos regulares e os guerrilheiros depuseram momentaneamente as armas no Burundi e na Serra Leoa. Na África do Sul, as mulheres deixaram de ser estupradas, por alguns dias. Então, as pessoas começaram a se comer. Devoravam-se sem hesitações. Nas ruas, nas praças, nos quintais, dentro das casas, nos quartéis, nos bares, nas fábricas, nos hotéis e nos escritórios, os mais fortes engoliam os mais fracos. Os mais poderosos dilaceravam e se alimentavam dos mais humildes.

Na Ásia, a água potável também acabou. À seca, seguiu-se o mesmo canibalismo desenfreado. Em toda parte, os combatentes ensarilharam as armas, primeiro, para depois se matarem e se comerem. Em seguida, o sangue cobriu os cinco continentes.

Na América Latina, o Midas do pó atacou primeiro São Paulo e logo pulverizou a maior cidade brasileira. Estendeu seu braço implacável até as cidades mais populosas, deixando para asfixiar as menores no fim, na véspera da grande epidemia de canibalismo. Os lagos então escureceram e deixaram de refletir as imagens do céu e das margens, cobertos por espessa camada de cadáveres mutilados. O cheiro insuportável dos corpos espalhou-se, afugentando as aves de voo rasteiro, as cobras e os insetos, sob a terra e o lodo.

Nas universidades, nos centros de pesquisa, nos laboratórios, nas escolas e nos hospitais, os especialistas cortaram, dissecaram, rasparam, fotografaram, analisaram, mediram e discutiram, até que, em Buenos Aires, na romântica capital argentina, surgiu a notícia de que havia um antídoto, um remédio que poderia conter o vírus que transformava seres humanos em canibais. Qual era esse antídoto? O amor.

"Se as pessoas se amarem, sobreviverão", garantia *El Clarín*. A partir daí, todos se dedicaram ao amor. Amavam-se à beira dos abismos, no parapeito das janelas mais altas, dentro dos armários, nos corredores, na carne triste dos vinhos, na água turva dos lagos, sob as camas e na areia das praias.

Ninguém amou mais do que Isidoro, músico do Colón. Ninguém se dedicou com tanta paixão à sua amada, Esmeralda, bibliotecária desempregada, de seios tímidos e pernas fortes. Quando se amavam pela enésima vez, no entanto, ele sentiu que alguma coisa estúpida ia acontecer. Tentou afastar Esmeralda de si, queria sair do quarto, fechar a porta, esconder-se dela. Mas não conseguiu. Desesperado, derrubou-a sobre a pele da morte e arrancou seu ombro esquerdo de uma só dentada.

Rodolfo Konder
Jornalista e escritor. Foi secretário de Cultura de São Paulo, diretor e apresentador de telejornalismo na TV Cultura. Como professor, lecionou na FAAP e dirigiu as Faculdades Integradas Alcântara Machado. É diretor cultural da UNI-FMU e do MASP. Na UBE tem sido conselheiro com vários mandatos.

Rostinho triste

Sérgio Valente

A primeira vez em que a viu foi num semáforo da rua Domingos de Morais. Teria onze ou doze anos, se muito. Usava chapéu de palha, camiseta branca e calça jeans. Não fossem as tranças e lembraria um menino. Talvez o menino que ele próprio fora, quando vendia picolés nos campos de várzea. Os outros vendedores corriam entre as fileiras de veículos, expunham as mercadorias envelopadas sobre os retrovisores laterais, esgueiravam-se das motos, avançavam até o décimo da fila, voltavam correndo, esbaforidos, de olho no sinal, refaziam o trajeto recolhendo os envelopes e os raros pagamentos, mas na maioria das vezes o percurso era em vão, poucos queriam saber das balas e dos chicletes malhados de sempre. Ela, porém, era esperta e manhosa. Apostava no cliente. Aproximava-se da porta do segundo ou terceiro motorista, com aquele rostinho triste, a caixa de doces no braço esquerdo, perguntava qual era a capital do Maranhão.

São Luís?

São Luís. Compre um doce e me faça feliz.

Hoje não, obrigado.

E a capital do Ceará?

Fortaleza.

Fortaleza, compre um drope e me leve a tristeza.

Estou sem moedas hoje.

E a capital da Paraíba, sabe?

João Pessoa?

João Pessoa. Compre um chiclete e eu fico na boa.

Fora de papo, não tenho moedas. Está perdendo seu tempo.

E a capital do Piauí?

Piauí? Essa é difícil.

Teresina. Compre uma goma que eu saio de fina.

Estou sem trocados, já disse, você é chata, vá embora.

Eu troco. Sabe a capital de Pernambuco?

Essa é mole. Recife.

Então compre tudo e mostra que tem cacife.

Está bem, você venceu, quanto é?

Os olhos brilhavam naquele rostinho triste, enquanto ela metralhava: um por dois reais, dois por três, três por quatro, quatro por cinco, vinte por vinte.

Passou a observá-la, aquele era seu trajeto de todos os dias. A menina trabalhava do fim da manhã ao fim da tarde. Com sol ou com chuva. Nem sempre no mesmo semáforo, nem sempre no mesmo sentido, mas sempre na mesma avenida ou nas continuações, ao norte a Vergueiro, ao sul a Jabaquara, o que o levou a suspeitar de que devia morar perto de alguma estação do metrô.

Percebeu que apesar da lábia ensaiada, do rostinho triste mas cativante, algumas vezes ela perdia a viagem, deparava com um motorista duro, de coração ou bolso, o sinal abria e ela voltava tristonha ao canteiro central, olhava para o alto, ele não sabia se ela rezava, se pedia clemência ao sol, se tentava afiançar para si mesma que o céu ainda estava lá, ou se conversava com algum anjo.

O escrivão ficou freguês da menina. Calhasse de parar entre os primeiros da fila e lhe acenava. Notou que a menina de rostinho triste diversificava os doces e ampliava o repertório de rimas e capitais. Perguntava sobre o Amazonas e à resposta, Manaus, retrucava: compre um doce que minha vida é um caos. Para a capital de Alagoas, contraía as faces e mostrava os dentes após dizer: Maceió, levando uma pastilha *diet* ganha um sorriso assim, ó. Mas era um riso forçado o que a menina triste exibia.

Com o tempo, alguns meses, o homem foi percebendo que ela já não era tão nacionalista como no início, viajava no mapa-múndi. Rimava Roma com bala de goma, Madri com leve um chiclete e eu sumo daqui, Berlim com compre uma pastilha e faz algo por mim. Era bem infantil a rima para Tóquio: prefere um Mentex ou um nariz de Pinóquio?

* * *

Certo dia, era um sábado, ele com tantos problemas no fórum, em casa, na família, dormindo tão pouco e tão mal, o sono picotado, tantos desacertos na vida, o segundo casamento naufragando, a pressão alta, o colesterol nas nuvens, o estresse, na véspera o médico lhe dissera que ele estava a cento e quarenta por hora, com os quatro pneus carecas, numa estrada esburacada, à noite; poderia capotar a qualquer momento, melhor não fazer planos de longo prazo; estava mal de verdade. Então resolveu levar as ideias para passear, tirar o pó das opiniões, ventilar os pensamentos.

Havia muitos anos, quando trilhara o Caminho de Santiago, depois da primeira separação, ocorrera-lhe criar um similar paulistano, o Caminho de São Judas. Chegara mesmo a traçar o percurso, escreveria um livreto sobre as igrejas e seus altares, talvez com fotos, mas depois desistiu temendo que parecesse mera paródia do caminho famoso. Paródia urbana, mas sempre paródia. Roteiro não para peregrinos, os que vão *per agro*, pelos campos, mas para *perurbinos*, se lhe permitissem o neologismo, os que seguem *per urbe*. Trajeto para apenas um dia. Não seguiria por trilhas desertas, mas por calçadas junto a ruas de asfalto, repletas de gente e automóveis. Decidiu que naquele sábado percorreria o Caminho de São Judas. Dobraria os joelhos, rezaria, pediria perdão por suas faltas, faria donativos às igrejas, quem sabe Deus o iluminasse.

Tomou o metrô e foi ao bairro da Luz. Começou pela igreja de Santo Expedito, das causas urgentes. Continuou pelas de Frei Galvão, junto ao Museu de Arte Sacra, e pela de São Cristóvão. Seguiu rumo a Santa Ifigênia, atravessou o viaduto do mesmo nome, entrou na basílica de São Bento, talvez a mais sóbria parada do caminho. Passou por vários altares do centro velho de São Paulo. Subiu a XV de Novembro, parou na igreja do beato José de Anchieta, no Pátio do Colégio, onde a cidade nasceu. Continuou pela rua da Quitanda até a praça do Patriarca, onde fez breve visita à espremida igreja de Santo Antônio. Subiu a rua São Bento e entrou no templo de São Francisco, no largo do mesmo nome, ao lado da faculdade em que se formara, no tempo dos sonhos. Foi à catedral da Sé, a igreja do Carmo fechada, mas as de São Gonçalo e a dos Enforcados escancaradas; acendeu um maço de velas na última. Desceu cem metros e entrou na ruela que termina na capela dos Aflitos. Palmilhou a rua Galvão Bueno até a igreja de Nossa Senhora do Líbano, na Aclimação; amou-lhe o silêncio durante uns dez minutos. Continuou a subir, dobrou à direita no colégio de Santo Agostinho e entrou na igreja da paróquia. Desceu a escadaria, subiu a Vergueiro. Depois do Centro Cultural, dobrou à direita, no viaduto, e foi aspirar o incenso da exótica Nossa Senhora do Paraíso. Passava de uma da tarde quando parou diante da pequena casa de Santa Generosa, junto ao viaduto do mesmo nome. Uma longa caminhada até a paróquia de São Rafael, na rua França Pinto, em Vila Mariana, perto da estação Ana Rosa do metrô. Mais adiante, entrou na belíssima Nossa Senhora da Saúde, com seus altares de embevecer, ao lado da estação Santa Cruz. Antes de cruzar a Luís Góis e apanhar a bifurcação que o levaria à enorme e bem iluminada igreja de Santa Rita, notou que seu cantil de água secara. Havia uma padaria na esquina; entrou, pediu uma garrafa gelada e um café curto para enganar o estômago, que passava das três da tarde e ele não almoçara.

Foi então que deparou com a menina triste que vendia balas nos semáforos. Pedia ao balconista um copo de água da torneira. Ela não o reconheceu, afinal ele era apenas um *perurbino* de camiseta encharcada de suor, queimado de sol, cabelos ensebados debaixo do boné, tão diferente do engravatado da Parati. Sequer lhe sorriu o riso forçado do ó de Maceió.

Qual é a capital da Irlanda?

Ante a pergunta inesperada, ela volveu os olhos para o desconhecido que a imitava e demorou um pouco a responder.

Irlanda...? Dublin.

Muito bem, você sabe. Dublin. Pago um suco se contar sua mágoa para mim.

O senhor é esperto, mas eu não caio nessa.

Nessa...? Nessa o quê?

Armadilha. Minha mãe me disse: homens não prestam.

Poxa. Estou ofendido em nome dos homens. Nem seu pai presta?

Muito menos ele.

Ele é tão ruim assim para você?

Péssimo.

Posso saber por quê?

Não conheci.

Ah... Que pena. Então é por isso? Onde você mora?

Por quê? Vai me sequestrar? (...) Jabaquara.

Pode pedir um suco e um sanduíche, eu pago.

Não, obrigada, não sou pedinte.

Mas é orgulhosa... E durona. Você está certa. Sua mãe também. Hoje em dia, não se pode mesmo confiar em estranhos. Sua mãe, como se chama?

Minha mãe? Por quê? Outro sequestro? (...) Mara.

Mara? Do Jabaquara? Sei. Acredito. E você, espertinha?

Sara, ela disse e riu aquele riso triste, inaudível.

Mara e Sara do Jabaquara. Pois eu sou o Carrara. De Araraquara. Muito prazer. Já vendeu os doces de hoje?

Não. Sábado é fraco. Falta uma caixa e meia. Vou esperar os namorados.

Sabe, Sara, estou fazendo o Caminho de São Judas, no fim há um orfanato, acho que vou presentear os meninos de lá com os seus doces. Quanto custam?

Todos?

Todos.

Não vai me pedir nada em troca?

Não, quero dizer, só os dropes, as balas, os chicletes, os...

Cinquenta.

O homem não pechinchou, apenas tirou uma nota do bolso e ela foi correndo buscar as mercadorias que guardara na banca de revistas. Ele pagou, apanhou as sacolas de plástico que continham as caixas, e então, sem que ele perguntasse, ela revelou que o nome de sua mãe era Arlete, o dela era Júlia, a avó era Odete, moravam na Vila Guarani, que é logo ali, no cafundó, no fundo da casa da avó.

O escrivão ficou olhando perplexo para a menina das rimas, que sorria daquele seu jeito triste, acabara o trabalho da semana, estava contente, embora ainda mantivesse um não-sei-quê de amargura no fundo dos olhos. Ela dobrou a nota em oito, enfiou-a no bolso, só Deus sabe onde guardara o resto da féria, agradeceu, disse tchau e partiu na direção do metrô Santa Cruz.

Ele pagou a água e o café, foi rapidamente à calçada, ficou olhando até que a menina desaparecesse na estação. Retomou o Caminho de São Judas, mais do que antes agora precisava pensar. Puxar pela memória. Repensar. Foi à iluminada igreja de Santa Rita, na rua das Rosas, ajoelhou, rezou, refletiu e chorou. Sentia que Deus estava lhe dando a chance de consertar sua vida.

Tinha os olhos vermelhos quando seguiu em direção à Praça da Árvore. Venceu com passos rápidos duas estações do metrô. Enquanto caminhava, fazia e refazia nos dedos as contas, rememorava conversas ásperas, discussões, acusações. Aquela fase da vida fora um pesadelo. Seria apenas uma coincidência de nomes, ou essa Arlete, mãe da Júlia, era a mesma auxiliar que trabalhara no fórum, em sua Vara? Faria talvez uns doze ou treze anos. Mantiveram um breve *affaire*, desses meramente casuais. Recorda que ainda era casado com a primeira mulher. Logo viria a separação. Então trilharia o Caminho de Santiago. Quis ver de perto os campos de estrelas que levam a Compostela, precisava iluminar as ideias antes de refazer a vida. E também de uma grande penitência. Sentia um peso enorme nos ombros e bem sabia que a culpa não era da mochila. Foi um setembro triste aquele: seco, dolorido, outono no hemisfério norte.

Doze anos cravados. Poucos meses depois daquele episódio horrível, quando Arlete lhe extorquira o dinheiro do aborto, ameaçara contar à esposa, ao juiz, ao bispo, ao papa. Ele tentou regatear, mas acabou cedendo. Então ela se demitiu, nunca mais deu notícias. Não, talvez não fosse a mesma. Aquela tinha o nariz tão empinado, não deixaria a filha vender balas nas esquinas. Se bem que a vida costuma ensinar os muito altivos a dobrar a espinha. E a menina não deixa por menos, recusou o lanche e o suco.

Chega, finalmente. Vai visitar as três igrejas de São Judas Tadeu: a velha, a nova e a capela no interior do orfanato situado na rua detrás. Pergunta aos santos dos altares se é possível. A fisionomia de

Júlia lembra um pouco a da Arlete que ele conhecera, embora a suposta mãe não fosse triste como a filha, era até bem animada, gostava de uma boa farra. Coincidência de nomes, ele se diz, tudo não passa de coincidência. O amor que faziam era tântrico, ele se continha, procrastinava o prazer pelo simples prazer de sentir mais prazer, e os arremates não eram nada convencionais. Mas agora, atrás do altar da igreja velha, diante da imagem de São Judas, o escrivão Júlio parece ouvir o que o santo lhe diz, que sim, cientificamente é possível, e além do mais está na cara, a menina Júlia tem os olhos dele, tristes como os dele. Olha para a esquerda, há outras pessoas na fila do santo, teriam ouvido o que ele ouviu?

Olhos tristes... Só me faltava essa. Sabe-se lá de que farra vieram aqueles olhos.

Pensando bem, pelo sim, pelo não, pede ao santo que abençoe a menina que, como ele, também gosta de geografia e de brincar com palavras. Ao enfiar a cédula na urna de donativos, sob os pés da imagem, percebe que a dobrara em oito, tal qual havia pouco, na padaria, a menina o fizera. Risca uma cruz meio torta da testa ao peito e já vai saindo quando se lhe parece ouvir uma reclamação do santo:

Ei, que história é essa de sair de fina? Vamos conversar mais um pouco, meu chapa. Alguém tem de extirpar a amargura dessa menina. Não importa quem está no mapa. E, juntando aquela história da Vara com esta da sina, estou achando que você é o cara.

O escrivão abaixa a cabeça, mas pela sintonia fina entre as rimas do santo e as da menina, desconfia que se trata de um conluio. Fica por ali mais um pouco, senta num banco e ficando pensando e repensando. Leva as caixas com balas, chicletes e doces ao orfanato e, quando apanha o metrô da volta, já está decidido, vai seguir o exemplo do santo, entrar nesse conluio, trocar rimas com a menina. Seja ela quem for. Quer pagar seus estudos e tirá-la dos semáforos. Talvez precise de algum ardil para vencer o orgulho da mãe e a resistência da avó, mas isso não é problema para quem lida com advogados e processos. Imagina que um dia, depois de permitir à menina uns bons anos de boas escolas e algumas viagens por capitais do mapa, conseguirá vislumbrar um sorriso de verdade bem lá no fundo dos olhos daquele rostinho triste.

Sérgio Valente
Filho de paulistas, nasceu em Porto Alegre-RS. Vive em São Paulo. Publicou crônicas no *Jornal da Tarde* e em diversos jornais de bairro. Em 1995, lançou o romance *A solidão do caramujo*. Em 2001, o volume de contos *Deus protege os cães perdidos e outros achados*. Participou do Grupo Contares e de várias antologias.

Antes que anoiteça

Suzana Montoro

Talvez fosse mais rápido descer pelo elevador, mas era impossível esperar enquanto o tempo poderia estar se escoando em lentas gotas que acabariam secando a fonte. Preferi descer pela escada saltando os degraus, vinte e três andares até o térreo, e ir me atropelando na ânsia. Além do receio, o sentimento de urgência parecia me sufocar. Ao menos, descendo pelas escadas, eu tinha a sensação de estar vencendo essa corrida desesperada contra o relógio. Quantos andares ainda? Só queria chegar a tempo. Como foi que eu não me dei conta de que tudo voltaria? Talvez tenha deixado passar despercebido um detalhe importante. Logo agora em que tudo parecia tão bem posto, a minha vida e a dela deslizando suavemente, um trem sobre reluzentes trilhos, nenhum ranger aparente, nenhuma encruzilhada, apenas paisagem se descortinando de um e de outro lado, e de repente, sem qualquer prenúncio, essa voragem. Como supor que o céu se carregaria de nuvens para novamente armar-se em tempestade. Ela já havia deixado mensagens desse tipo antes. Mas em nenhuma escutei esse tom peremptório, essa alusão precisa de finitude. Como um livro que fechamos depois de lido, ela disse, como um livro que se acaba. De uma vez por todas, ela disse enfática, sublinhando uma intenção adormecida. Foi o tom e foi a metáfora usada que me desmoronaram, além do sinal estridente de telefone ocupado assim que ouvi a mensagem na secretária e liguei de volta. Provavelmente o fone estava fora do gancho. Fui às pressas para o apartamento dela imaginando aqueles olhos negros olhando para dentro, inacessíveis. A campainha não soava, a chave geral poderia estar desligada, bati diversas vezes na porta, nenhum ruído de volta, só o meu coração acelerado e de repente aquela saraivada de fogos pipocando em algum lugar da cidade, como era possível alguém estar comemorando o que fosse enquanto eu me sufocava de angústia. Saí desabalado escada abaixo, uma corrida contra o tempo intensificada pelos ruídos dos fogos, a algazarra de rojões que mais pareciam batidas ensurdecedoras de um relógio ecoando feito marteladas na minha cabeça. Por que fechar o livro de uma vez por todas? Fui pulando de qualquer maneira os degraus da escada e minhas pernas doíam, os sapatos apertados mastigavam meus pés, certamente as feridas nos calcanhares se abririam, as mesmas de quando atravessei a praia inteira na noite chuvosa para encontrá-la encarapitada no alto das pedras, o olhar ancorado nas próprias funduras onde eu nunca consegui alcançá-la. Enquanto descia as escadas, os intermináveis vinte e tantos andares, foi como se eu naufragasse junto a ela no oco daquele olhar que insistia em viver no escuro, eu e a minha necessidade intensa de luz. Não sei quantas vezes caí e tornei a levantar, embolando nos degraus, batendo o corpo contra o corrimão até chegar ao térreo. A porta que dava no hall do prédio estava fechada. Antes de abri-la apertei firmemente a maçaneta como se tentasse segurar nas mãos o impulso que vinha me sacudindo desde os primeiros degraus. Talvez fosse muito tarde para chacoalhá-la pelos ombros, arrancá-la do estupor e chamá-la à razão, uma razão que eu supunha nossa, mas descobri de súbito que também eu tinha um delírio, enredado que estava na vida instável que compartíamos, nós dois estancados num pedaço de chão lodoso e barrento, e eu, cada vez que tentava erguê-la e deixá-la firme e ereta no esteio do nosso relacionamento, era eu que ia me desequilibrando mais e mais e deve ter sido aí que fui tomado pela vertigem, a ânsia que me revolvia durante a descida pelas escadas engolfou-me como uma escuridão e senti a dor lancinante nos pés, de novo a ferida se abrindo, sempre aquela fenda que por qualquer esforço supurava outra vez, e ela tentando livrar-se de um fardo desde o vigésimo terceiro andar, como um livro que fechamos, ela dissera, e eu imaginando um livro fechado, inerte, junto a tantos outros, uns sobre os outros como tijolos formando sólidas paredes, e ao encontrar uma fresta, uma nesga de luz que escapava daquela escuridão, abri a porta e saí apressado para a rua como se fugisse da tempestade premente. Sem olhar para cima entrei no táxi e me afundei no banco de trás indicando ao motorista, com um aceno brusco de cabeça, a direção a seguir, em frente, sempre em frente, para outra paisagem, antes que anoiteça.

Suzana Montoro
Paulistana. Psicóloga, atua como psicoterapeuta clínica. Publicou O menino das chuvas, considerado Altamente Recomendável pelo Instituto Nacional do Livro Infantil e Juvenil na categoria O Melhor Para a Criança, em 1994, Em busca da sombra, selecionado para a Feira de Livros Infantis de Bologna e Exilados, contos voltados para o público adulto.

Referências bibliográficas

(Autor, título do conto, dados da publicação original quando inédito).

Ada Pellegrini Grinover. *A gata preta*. In *Foemina: Contos*, São Paulo, Atlas, 2007.

Aluysio Mendonça Sampaio. *O velho do cajado preto*. In *Os anônimos*, São Paulo, Ed. do Escritor, 1974.

Anna Maria Martins. *Amaryllis*. In *Mudam os tempos*, São Paulo, A Girafa, 2003.

Audálio Dantas. *A cabra*. Inédito.

Beatriz Amaral. *In limine*. In *O conto brasileiro hoje*, v. III, São Paulo, RG Editores, 2007. Vários Autores.

Bernardo Ajzenberg. *O sufoco*. Inédito

Betty Vidigal. *Trigal*. Inédito.

Caio Porfírio Carneiro. *Mão espalmada*. Inédito.

Carlos Seabra. *Contos mínimos*. Inédito.

Dirce Lorimier. *Ao acaso*. Inédito.

Domício Coutinho. *Ludeméa*. Inédito.

Fábio Lucas. *A festa do poço*. Inédito.

Jeanette Rozsas. *Qual é mesmo o caminho de Swann?* In *Qual é mesmo o caminho de Swann?* Rio de Janeiro, 7 Letras, 2005.

José Roberto Melhem. *Vera*. Inédito.

Levi Bucalem Ferrari. *Mensageiro*. Inédito.

Lygia Fagundes Telles. *O dedo*. In *Mistérios*, Rio de Janeiro, Nova Fronteira, 1981. Referência: *Filhos Pródigos*, São Paulo, Livraria Cultura Ed., 1978.

Nilza Amaral. *Sagrada família*. Inédito.

Rodolfo Konder. *A volta do canibalismo*. Inédito.

Sérgio Valente. *Rostinho triste*. Inédito.

Suzana Montoro. *Antes que anoiteça*. Inédito.

UBE – União Brasileira de Escritores
Rua Rego Freitas 454, conj. 121 – Vila Buarque
Cep 01220-010 – São Paulo, SP
Tels.: (11) 3231-4447 e 3231-3669
www.ube.org.br

Índice de autores

Ada Pellegrini Grinover 13

Aluysio Mendonça Sampaio..19

Anna Maria Martins 23

Audálio Dantas 29

Beatriz Helena Ramos Amaral 39

Bernardo Ajzenberg 45

Betty Vidigal 49

Caio Porfírio Carneiro 61

Carlos Seabra 65

Dirce Lorimier 71

Domício Coutinho 73

Fábio Lucas 77

Jeanette Rozsas...81

José Roberto Melhem 87

Levi Bucalem Ferrari 97

Lygia Fagundes Telles 103

Nilza Amaral 109

Rodolfo Konder...117

Sérgio Valente 119

Suzana Montoro 129

Índice de contos

A gata preta..13
O velho do cajado preto..19
Amaryllis...23
A cabra 29
In Limine..39
O sufoco 45
Trigal 49
Mão espalmada 61
Contos mínimos 65
Ao acaso...71
Ludeméa 73
Festa do Poço 77
Qual é mesmo o caminho de Swann? 81
Vera..87
Mensageiro 97
O dedo..103
Sagrada família 109
A volta do canibalismo 117
Rostinho triste...119
Antes que anoiteça 129